奇怪的系列 2

수상한우리반

奇怪的這一班

文／朴賢淑 박현숙 圖／張敍暎 장서영 譯／林盈楹

目次

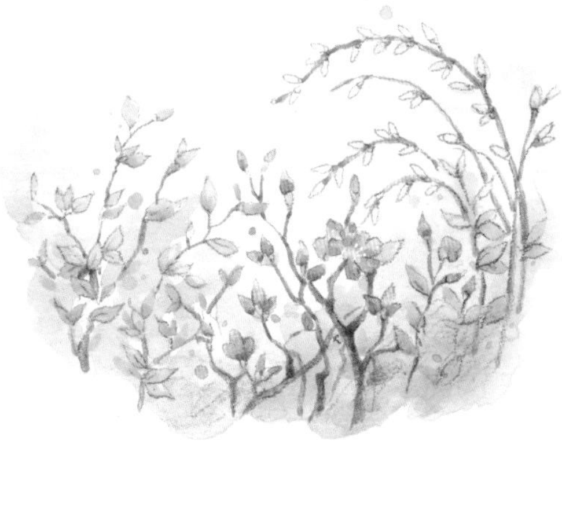

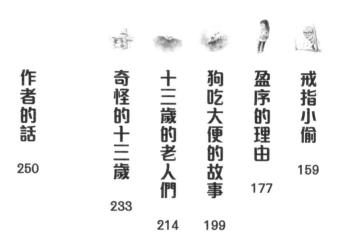

床鋪幽靈

就在我快睡著時，一陣嘈雜的聲音如驟雨般在耳邊響起——嘟嚕嚕嘟嚕嚕。那聲音聽起來像電鋸在鋸木頭，也有點像切割水泥地面的機械聲。我拉起棉被蓋住頭，聲音還是不停地傳入耳中，於是我用雙手摀住耳朵。

就在我感覺聲音稍微平靜下來時，床鋪卻開始晃動起來，原本緩慢地左右搖晃的床鋪，漸漸

地越搖越快。

我感到一陣噁心想吐就像暈車，我實在受不了了，想從床上爬起來。然而我的身體卻像是被綁在床上，整個人動彈不得，我不停扭動著身體，努力想從床上掙脫。床鋪卻像個力大無窮的巨人，我越奮力掙扎，越是緊緊地把我抓住且不肯鬆開。

好可怕！已持續好幾晚，每當我快睡著時，就會聽見那嘈雜的聲響。但床鋪像這樣晃動，而我一動也不能動的情況，今天是第一次發生。

我感覺正被什麼不好的東西吸入黑洞裡。

「嗚。」我哭了出來，但我卻沒辦法放聲

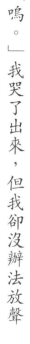

大哭，我想要喊媽媽，聲音都像被黏在喉嚨裡無法喊出來。

我放棄下床，繼續躺在床上，心臟像要爆炸似地狂跳。一段時間後，搖晃的床停了下來，身體也可以動了，我滿身是汗，即便一切都已恢復原狀，心臟依然撲通撲通地狂跳，無法平順地呼吸。

早上一起床，我便馬上檢查床鋪，我掀開棉被，拼命地查看著床墊。我甚至對著床墊左敲右打、前壓後按，但都沒找出什麼奇怪的地方。

「對了，還有床底下。」我爬到了床底下。

床底下只有一團頭髮和灰塵而已，除此之外沒什麼奇怪的地方，床腳也都很堅固、沒任何問題。

那麼昨晚使床鋪劇烈地搖晃，又使我動彈不得的那股龐大力量到底是什麼？這樣一想，沒有發現任何奇怪之處這點就更是奇怪了。

「該不會是鬼吧？」想到這裡，我不禁毛骨悚然，感覺好像有一個幽靈縮在床鋪的某一處，靜靜等待著夜晚的到來。

「媽媽。」我吞了吞口水，邊喊邊倒退著跑出房間到廚房。

「妳睡前有把補習班作業都做完吧？」媽媽一邊拌著涼菜一邊問我，整個廚房瀰漫著芝麻油的清香。

「妳怎麼一見到孩子就談讀書的事啊？除了讀書的事，難道沒別的話可講了嗎？像是昨晚睡得好嗎？有沒有做什麼好夢啊？明明有這麼多話題可說，何必一見面就緊盯著讀書的事啊？真是讓人受不了！

妳看看如真的臉，整個人瘦成只剩一半！妳不要再拿讀書來折磨孩子啦！在這應該盡情玩耍的年紀，都被逼成什麼樣了。」原本正在剝大蒜的奶奶，看到我的臉後，嘖嘖地咂了舌。

我聽到奶奶說的話，不自覺地摸了摸臉，摸到了凸出的顴骨。我看媽媽沒回應奶奶，臉上掛著不開心的表情，把拌好的涼菜，又再用力地拌了一次。

「媽媽，我昨晚又聽見怪聲了！媽媽沒聽見嗎？」我皺著眉頭問，不知道是不是因為昨晚沒睡好，我頭痛得好像要裂開一樣。

「每天都聽妳說有怪聲，到底是什麼怪聲啊？我都沒聽到啊！」

「我也不曉得，一直聽到那個聲音，而且昨晚我的床鋪還劇烈搖晃。」一講到床鋪，腦中又浮現了那個幽靈，不知道此時躲在哪裡。

「應該是做夢。」媽媽也和上次回答的一樣。

我從前幾天的補習班分班考試後，就開始聽見奇怪的聲音，只要告訴媽媽有怪聲音，她就說那是夢。

「我就知道會這樣。」奶奶邊說邊把剝好的大蒜甩到餐桌上。

「看看你們，把孩子折磨到不成人形了！明明才國小而已，卻要連國中的進度一起學習，這種壓力身體哪受得了？人啊身體一旦變虛弱就會莫名地看見奇怪的東西，還會聽到有的沒的聲音。」

「媽，您老是說我在折磨如真，那是因為您不清楚現在的狀況！

並不是只有如真這樣，最近所有的小孩都在超前學習，聽說有的小孩進度追得夠快，還超前到高中了呢。」

媽媽把奶奶剝好的大蒜用手一揮掃進碗裡，接著猛力把大蒜皮倒進垃圾桶。看來媽媽這動作背後的意思表示都做完了，奶奶可以去做別的事了，簡單來說就是媽媽不想再聽奶奶說下去了。

「哎喲喂，竟然叫國小的孩子去學習高中的課程？怎麼不乾脆把小孩丟進油鍋裡炸一炸算了？以前我住鄉下的時候，村裡有個叫甘川的人家，甘川家的兒子頭腦非常聰明！就算不讀書，也總是拿第一名，就連學校的老師，還有村裡的人們都說甘川家的兒子以後一定會當總統！聽了那些話後，甘川家便燃起了欲望，於是開始強迫原本就很會讀書的兒子，對他千叮萬囑一定要成為總統，如果沒當成，就是家族的恥辱！咦，不是嘛？沒當上總統，怎麼變成家族恥辱了？總而言之在那之後，甘川家的兒子就再也出不了門，每天都關在家讀書，然而……」奶奶暫停一下用手捏起涼菜試吃一口。

「嗯，調味得剛剛好。」奶奶滿意地點了點頭。

「甘川家的兒子很明顯並沒有成為總統，那他後來怎樣了？頭腦聰明又那麼用功讀書，一定也成為什麼厲害人物吧？」媽媽問。

「死了！」奶奶平靜的回答。

「啊？啊！」媽媽驚呼。

「他就像隻小馬一樣，明明面前什麼東西也沒有，他卻總是尖叫著說他看見了什麼東西，在村莊四處奔跑，跑遍山裡和田野，最後聽說就這麼死了。哎呀！吃飯前我得先去洗個頭！奇怪啊，我每天洗頭，怎麼頭還是這麼癢？」奶奶站起來，邊搔頭邊走出廚房。

「到底在說什麼啊？」媽媽呆望著奶奶的背影，喃喃自語說著。

「如真，該不會把奶奶剛才說的那些當真吧？我告訴妳，當年甘川家的兒子肯定是生了什麼病！人不可能因為讀太多書而死，以前醫學不發達，所以很多孩子就因此病死了，這個妳懂吧？」

我當然知道，如果有人被讀書折磨而死，那這世界上應該沒多少小孩活著了。

「如真啊，妳應該明白那聲音是在做夢吧？妳小時候也常做惡夢，甚至會分不清楚夢與現實。其實媽媽小時候也會有分不清的時候，甚至做過非常多次類似的夢，像是從高處掉下來、被可怕的陌生人抓走。那些夢都是長大的過程，所以不用太擔心。」

「嗯。」我嘴上雖然這麼回，但那個「夢」實在太清晰鮮明了，而且我也還記得床鋪搖晃的感覺。我也很想當成是夢，並且別再多想了，但床鋪還是讓我心裡很不舒服，我覺得再也無法睡在那裡了。

「媽媽，能幫我把床鋪換掉嗎？」

「羅如真！媽媽說的話妳都聽到哪裡去了？就跟妳說了是做夢，就是夢！床鋪好端端怎麼說換就換？」媽媽武斷地說。

我好像很難說服固執的媽媽，還不如今晚睡地板吧！床鋪就用棉被罩起來好了，可是就算如此，我還是很害怕。

「媽媽，那我們能把床鋪丟掉嗎？」

「妳這孩子今天是怎麼回事啊？」媽媽發了火。

我趕緊閉起了嘴巴，心想著：還是要去奶奶的房間睡呢？但這也不是個好主意，因為奶奶每天都早睡早起，而我通常是將近凌晨一點才把預習和複習完成後去睡。

「趕快吃一吃去上學！不要一個夢就胡思亂想。」媽媽說完夾小菜給我。但我想隨心所欲地吃想吃的小菜，也想要把蘿蔔湯淋在飯上拌著吃，更想吃煎火腿。但我卻只能吃這些說是幫助頭腦運轉，但味道難吃的小菜，像是豆子、豆腐，我已經膩到連看都不想看了。

「班上的同學怎麼樣？」媽媽問完又把煎豆腐夾給我。

「什麼怎麼樣？」

「我意思是班上有愛闖禍的人嗎？到了六年級，讀書氛圍很重要。」

「不知道！我不想再吃了，有點想吐。」我說完放下湯匙。

「怎麼會想吐？再吃兩口就好。」媽媽把湯匙放回我的手上。

「你們班上有哪些同學？江先里呢？她被分到別班了嗎？」媽媽鍥而不捨地問。

「先里？啊她在我們班……嘔。」我嘴裡含著湯匙乾嘔了一下。

「什麼？又被分在同一班？妳怎麼從一年級就一直和他同班啊？」

先里在我們學校「很有名」，如果是品學兼優而有名的話，當然是再好不過。而她卻完全相反則是因偷錢而有名，也因動不動就和人打架而有名，還有因為總是上課睡覺而有名，總結一句話先

里是學校的「名人」。

一開學班導就為了矯正江先里而竭盡全力，班導要求她在上課時不准睡覺，但是沒幾天就放棄了。因為叫她不要睡也是照樣睡，總不可能抓著江先里的眼皮吧。

班上的「名人」不只江先里，還有原本五年來說沒五句話的韓東美，但現在她一開口便一刻也不停歇。加上開口閉口總說「我辦不到」，因此綽號是「我辦不到」的閔仲以。

媽媽之前聽到閔仲以講話時，就說他是令人感到洩氣的孩子，如果讓媽媽知道這些孩子都在我們班，她會怎麼說呢？

「妳的位子如果被排到江先里附近的話，就去拜託老師幫妳換！和那種孩子坐得太近，會干擾到學習。」媽媽就是不了解才這麼說，其實江先里從不干擾別人學習，因為她一上課就睡覺，既不搗亂也不吵鬧，說實話她上課就算不在教室也沒人發現。

「六年級第一學期要學完國中二年級的數學，妳知道吧？」一聽到跟超前學習有關的話題，我噁心想吐的感覺也變得更強烈。

「班導是怎樣的老師呢？希望是經驗豐富又有實力，但年紀最好不要太大，年紀太大的老師萬一體力不足教學也會力不從心。」

「當老師都很優秀啦！就是書讀得好又會教，才成為老師的，別亂擔心。」頭上裹著毛巾的奶奶回答媽媽。

媽媽突然用力地吸著鼻子後問：「媽，您又用如真的洗髮精嗎？那是買來給她專用的！那款香味有緩解壓力、淨化思緒的效果，所以非常貴。」

「我就用一點點而已。」奶奶講完迴避著媽媽的目光。

「孩子的爸又加班了嗎？那麼拼命身體哪受得了啊？」

「媽，您不了解現在的社會！現在教育一個孩子要花多少錢啊？為了讓如真能夠好好學習，必須要勤奮努力地賺錢才行！我只在乎我們家如真，要讓她以後過上好日子。」

媽媽說她只在乎我的那句話，那是我最討厭的一句話！我希望媽媽也在乎她自己，還有更在乎爸爸、在乎奶奶。世界上那麼多值得在乎的事，怎麼就只在乎我呢？

以前我會因為媽媽說在乎我而感到很開心，以為那是媽媽喜歡我的證明，但現在卻讓我感到很有壓力！我變得每天都擔心萬一讓只在乎我的媽媽失望了怎麼辦？

「妳怎麼開口閉口都在談學習啊？才只有十三歲的孩子，真搞不懂到底為什麼拚命想往那個小腦袋瓜裡塞一堆東西？老實說外面哪有像我們如真一樣乖巧又漂亮的孩子啊？書讀不好也沒差啊。」奶奶一臉憐惜地說著。

無趣又麻煩

我們班導的名字叫做吳西絢，雖然是位女老師，但她有寬闊肩膀和結實小腿，恐怕連摔角選手看了都會落荒而逃，應該這體格不會有體力不足而教學力不從心的問題。

「老師，您今年幾歲？」作為臨時班長的皓庭問。

「你們猜猜看！」

明明直接回答就好，但大人們卻喜歡那樣，就算你猜到接近的年

齡，他們也不會欣然接受。假如你說比實際年齡小的數字，他們便會笑容滿面地喊「很多人也這麼說」。但把人歲數猜老了，他們就會發火並生氣地問「我看起來有那麼老嗎？」這真是讓問與答雙方都尷尬的話題，實在搞不懂大人為什麼要那樣？

「三十歲。」坐在江先里旁邊的胡載說。

「我的媽呀，呵呵呵呵。」老師矯情地大笑，讓人不懂是猜對還是猜錯。

在這嘈雜的笑聲中，原本趴在桌上的江先里微微地抬起頭來。

「三十二歲！」皓庭說。

老師又笑了，大家漸漸猜的數字越來越大，三十三歲、三十六歲，數字越來越接近四十……數字似乎開始越來越離譜。

「正確答案是……。」

幸好在喊到三十八歲的時候，老師便阻止大家繼續往上猜，可能她也覺得再讓大家繼續說下去的話，會出糗吧。

「二十三歲。」

「啊啊？」所有人都睜大了眼睛，迅速地把老師上下左右打量一番，這是在開什麼玩笑？每個人的眼裡都是懷疑的眼神。

「嘿，騙人吧？」胡載用難以置信的語氣說。

接著，所有人都喊著「騙人、騙人」喧鬧了起

來。

「我說真的！我不用騙你們我的年紀啊？我大學一畢業就來這裡，這是我的第一間學校。」老師表情突然變得嚴肅起來。

眼看氣氛不太對勁，胡載難為情地抓了抓他那突出的後腦勺，整間教室安靜了下來。

「老師小時候的夢想是什麼？」皓庭突然舉起手問。

這是皓庭想化解奇怪的氣氛，所做的機智之舉，真不愧是皓庭。

「我八歲以前因為想盡情地吃血腸，所以夢想成為賣血腸的人，九歲以後一直到國小畢業以前，我的夢想改成了海女。」

「海女？」

「對！成為海女就能盡情地欣賞海景，但國中後我就想當老師。」

「那麼老師的夢想已經實現了呢？」

「的確可以這麼說。」

老師原本因年齡話題而陰暗的表情，此刻如明月般亮了起來。

「不過我的夢想還不算完全實現。」

「老師還想成為什麼嗎？還是有什麼想做的事情呢？」

「我真正的夢想，是成為好老師！我現在只是才剛發芽的老師幼苗，要成為好老師還有很長一段路！我打算每年設立一個目標，並努力去達成它，今年目標就是以老師身分好好地完成一件事。因為很多事都沒經驗，所以可能會犯很多錯，雖然我也不知道怎樣才算做得好，但我今年只要成功一個目標就好！」老師認真地說。

「希望您成功！因為我們班也想有好老師。」胡載說。

「我會努力的！哦？這位同學怎麼趴著啊？是不舒服嗎？」老師朝著江先里走去，腳上拖鞋啪啪作響。

「老師，江先里沒事，她本來就會在上課睡覺，她起來通常是去上廁所，還有吃午飯。」胡載親切地解釋。

「上課怎麼能睡覺呢？」老師抓著江先里的肩膀搖了搖，然而她就像結凍似的一動也不動。

「起來了！」老師用命令的口氣，但江先里並不是聽話的孩子。

「起來！」老師聲音變得鋒利，然而江先里可不會因此害怕。

「晚上才是睡覺時間，妳起來！」老師幾乎哀求著。

睡覺時間這是任何人都知道的事，江先里也知道，因此她張開手緊抓桌子，這是在表示她絕對不起來的意思，老師只好轉身離去。

接著幾天，江先里和老師一定會重複一樣的劇情，而且最後老師只好放棄，就和之前其他老師一樣。

走到講台前的老師板著臉開始點名。時不時一邊抓她額頭上那些不知道是青春痘還是粉刺的東西，她臉上其他的皮膚都很正常，就只有額頭那塊不一樣，那些細小的疙瘩密密麻麻讓額頭凹凸不平。

「妳真的不起來嗎？」老師點到江先里的時候，又問了一次。

「就說過她絕對不起來的。」胡載不懂老師為何不相信他的話。世上所有的人都是透過經驗去學習的，因此別人怎麼說只要自己

沒體驗過，都會抱著「不一定吧？說不定……」的期待，看來老師對江先里，還必須體會一段時間，否則就算其他人怎麼勸她都是沒效的。

「那麼要不要換你們來說自己的夢想啊？說說將來想要做什麼工作？老師很好奇大家的夢想呢。」點完名後，老師對全班說。

胡載第一個舉手，接著說「我想當公務員！我媽媽說沒有比這更好的工作了，穩定而且薪水不錯。可是我很擔心我的成績！聽說現在要當公務員，比摘星星還難，像我這樣的成績可能連門都沒有。」

明明講夢想就好了，胡載何必把自己成績差的事也說出來，又不是值得炫耀的事，還講得這麼理直氣壯。

「你才小學六年級，只要從現在認真讀書就行啦！別擔心！」老師說著那是老師最愛說的話，但是讀書哪有那麼容易，又不是說句我要認真讀書，一切就會如所下的決心那樣順利達成。

「我想成為賺很多錢的整形醫生！達成目標後，我第一個就先大翻新自己的臉蛋。」皓庭自信地說著，但她的夢想常跟著流行改變。

「隨便什麼職業，只要能賺很多錢的，我通通都好啦！」同學的話裡都不約而同地提到錢，老師聽了好幾次賺錢的夢想後，漸漸流露出無趣的眼神。

「今天是初次見面，你們一定也都對我有很多好奇想問的事吧？要不要跟你們分享老師初戀的故事呀？」老師臉上掛滿笑容地問，可能是聽來聽去大家的夢想都差不多，於是老師決定換話題。

「老師也有初戀喔？看起來不像！」

「什麼叫做看起來不像？」

「因為老師您長得不好看啊！」

「哇哈哈哈。」教室裡充滿了笑聲，還有人捂著肚子笑到在地上打滾，老師因此滿臉通紅。

「老師，初戀那種話題很無趣耶！那是小孩才喜歡的話題，幾乎大部分的人都在幼兒園或國小低年級時就有初戀了！難道您不知道那些二年級的小孩最喜歡戴情侶戒了？」皓庭無奈地看著老師。

「原來你們都過了對初戀話題感興趣的年紀了？我現在聽到初戀

話題，心裡都還是會小鹿亂撞呢！看來你們的心智都比我還老成啊？那我們就上課吧！」老師打開了課本。

大家見狀又開始吵著今天第一天，應該先做些好玩的事。

「不然我們出去晃一晃呢？」老師想一想後問。

「晃一晃？」

「就是去外面繞一圈順便看一看啊！現在正是大自然轉換季節的時候，幼芽卯足全力地想要穿過地面冒出頭，花苞也準備好隨時綻放！我們一起去看看，說不定那些幼芽和花苞也滿心期待地等我們出來看它們！怎樣？聽起來是不是很有趣？」

哪裡有趣啊？雖然已經三月了，但外面還是冷到讓人鼻尖發麻，

趕走嚴冬的春寒還在肆虐，竟然要我們現在去外面繞一圈？我們就算不看，幼芽也照樣冒出來、花朵也會照樣開嘛。

教室一片靜默。

「好麻煩喔！」皓庭說出來了，她代表全班二十三個人說出了心聲。而老師的表情似乎在問世界上怎麼會有這種小孩？說做這個，你們嫌無趣；說做那個，你們又嫌麻煩；說開始上課，卻又吵著說第一天，要先做些好玩的事。

「你們的心思真令人猜不透！現在的孩子和我小時候好不一樣。」

那當然啦，老師的國小時代都超過十年了吧？十年可說是非常久遠了，不知道為什麼，我突然替老師今年的目標感到有點擔心。

一回到家，媽媽就迫不及待地追問關於老師的事情。

「是年輕的老師嗎？」

「二十三歲。」

「是喔？原來是剛被指派來學校啊？雖然經驗不足但對教學應該滿有熱情的，那老師的個性怎樣？」

「初次碰面，我怎麼知道？」

「總會有第一眼的感覺吧？那感覺怎樣？」

「很好。」我沒思考就直接回答。

媽媽開始忙著打電話和接電話，這是媽媽們在交換開學的情報。

「如真啊，聽說吳西絢老師在大學是以第一名成績畢業的，遇到有實力的老師真是太好了！」媽媽感到很滿意。

這個嘛，實力如何我是不知道啦，但今天老師看來不太懂察言觀色，而且找不到任何和全班的默契。

討人厭的小孩

媽媽到藥房抓了幾帖中藥回家，她說那是很昂貴的補藥，而且不是普通的貴，還說那些中藥的錢相當於我們家半個月的生活費。

「奶奶上次說的不是完全沒道理，人的身體如果虛弱，會常做惡夢，我聽說吃這個狀況就會好很多。」媽媽說著中藥的好處，簡直像是能幫我解決所有的問題。

「如真好有口福啊！光是聞這味道，就覺得整個人的精神都變好

了呢！趕快吃一吃，好好加油啊！」奶奶拍了拍我的屁股說。

但我一點也不開心，不要說開心了，甚至心情還變得沈重了起來，我吃這麼昂貴的中藥，真不知道還要怎麼更努力才行，我的內心感到一股前所未有的壓力。媽媽對我那麼好，萬一我的成績反而退步了怎麼辦？我很害怕讓媽媽失望。

媽媽自己很節省，除了不買新衣服，甚至也捨不得更新內衣褲，每當看到陽台曬著媽媽破了洞的內衣褲，我就既慚愧又難過得想躲起來。甚至想如果媽媽沒有我，她就能買漂亮的新衣。

還有看到爸爸的老舊皮鞋，我腦中也會浮現「我為什麼要出生

數學習題
聰明湯
維他命

呢？」的念頭，傷心想著如果爸爸沒有我，就能穿新皮鞋出門了。

媽媽放棄更新內衣褲，就為了多買幾本給我的題庫；爸爸放棄買新皮鞋，而是買了我的維他命和補品。

除此之外，他們每天都對我說「再努力一點！還要再更努力！」但是媽媽都不知道，我其實無時無刻都用盡我的全力，然而她總是認為我好像都在偷懶。

這次補習班分班時，我拚命擠進優秀班，而媽媽卻只說了經常掛在嘴邊的「驚險萬分」這個句。

我討厭「驚險萬分」這個詞！不知為何給人一種提心吊膽的感覺，好像隨時會墜落，但最近媽媽特別常用這個詞，因為每次的考試，對我而言都驚險萬分，這樣看來媽媽會用這個詞，就是我自己造成的。

睡覺時聽見怪聲音的現象，也是從驚險萬分的分班後開始。

驚險萬分！我好想擺脫這四個字，但不論我多努力，就是擺脫不掉，真是令人難過又生氣。

「馬上就是學校的大考了，好好認真準備啊！這可是升上六年級的第一個考試，一定要考好才行。」

因為是第一次大考，所以一定要考好，因為是期中考，所以一定要考好，因為期末考很重要，所以更更更要考好。

媽媽永遠都這麼說，對媽媽來說沒有一次考試是不重要的。就算隨堂考不過就是課堂中做的小測驗，媽媽也看待得跟生命一樣重要，有些時候我不免覺得她的人生，似乎是為了我的考試而活。

我多麼希望自己是能夠滿足媽媽所有期待的女兒，如果能像媽媽期望的一樣，每天都拿一百分，永遠都考第一名的話就好了。可是即便我拼命地努力讀書，還是沒辦法做到！就算我都不睡覺的苦讀，但考試時偏偏就會錯個一兩題。

媽媽每次都用遺憾的表情和口氣對我說「再努力一點」。我每次都沒辦法考到媽媽的期望，而感到非常難過。

「同學們很抱歉要說個壞消息。」老師一走進教室就對大家說。

「才剛開學沒幾天，就跟大家說考試的事，是有點殘忍吧？但大考只考五年級學過的，所以不要太擔心，放鬆去考就行了。」

總算開始了！考試意味著新學期正式開始，但是所有的考試都讓人擔心，根本不存在可以放鬆的考試。

「老師以前讀書時，能放鬆去考試嗎？」胡載口氣不太好地說。

「當然啦！心情要放鬆才能夠頭腦清楚地思考呀！」

「大騙子。」某個人低聲地說。

幸好老師沒聽見那句話，看來老師的想法總是和全班合不來。

老師明明說從五年級的範圍出題，但這次考試很難，有兩題我不太確定，甚至有兩題很陌生是沒看過的題目！我好傷心，已經練習那麼多次的模擬考……我肯定是笨蛋！不管我想破頭也解不開陌生的那兩道題，我越來越緊張，心臟開始狂跳。心臟越跳越快，我的手也不停發抖，我已經完全沒辦法專心。

最後只好隨便計算那兩題並草草寫上答案，交出考卷那刻擔心便湧了上來，媽媽失望的臉立刻浮現在我眼前，我一想到白白浪費了那些中藥，就感到更加羞愧了。

「這次考試怎麼這麼難啊？」皓庭一交卷，便生氣地抱怨。

我看了看坐前面的盈序，從她側面表情推測著，我看她雙唇緊閉，表情不太輕鬆，看來她也覺得很難吧？我這才稍微安心。

老師在第五節課時，拿著一疊改完的考卷走了進來。

「啊！老師，考卷明天再發好嗎？今天先幫我們保密分數吧！哪怕一天也好，我想要放鬆地不去想考試。」某個同學說。

「老師不要發考卷啦！」同學們附和聲此起彼落。

「明天發的話，能改變什麼嗎？分數也不變啊，長痛還不如短痛。」老師說完便發下考卷，每個人看到分數都愁眉苦臉的。

我拿著考卷回位子，緊抓著考卷的手不停地冒出汗，我慢慢地把考卷攤開來，邊攤開邊全心全意地祈禱著，拜託！請讓我隨便算的兩題都寫對吧！

然而那兩題都被畫了一條俐落的斜槓，我不確定答案的那兩題也錯了一題！也就是說我總共錯了三題。但我不一定會被媽媽罵，因為這要看盈序錯了幾題，根據他錯的題數，我會有不同的結果。

「妳錯幾題？」皓庭問我。

「妳呢？」

「全部一共錯了十五題！糟透了！我完了！這次沒得增加零用錢了！」皓庭的零用錢，會隨著考試分數的高低起伏，因為她媽媽是個做事都看心情的人。據說皓庭如果考得好，她媽媽就給她加很多零用錢，但考不好，她的零用錢就會少得可憐。但事實上皓庭的媽媽並非期望她考多好，皓庭的媽媽只要她所有的科目總共沒有錯超過十題就好。

皓庭的媽媽開了一間鮑魚餐館，每天餐館裡高朋滿座。我家奶奶只要和朋友聚會，就到那裡去，每次她回來都用羨慕的口氣說「鮑魚餐館根本在撈錢」。

皓庭的媽媽比起成績更在乎她有沒有當上班長，因為她三年級開始一直都當班長，但她並不是成績好，而是因為人緣好才當上班長的。皓庭很受歡迎，因為她時常挺身而出替其他人做討厭的事情，但最關鍵的原因還是皓庭的媽媽很常請大家吃零食，而且還是毫不吝嗇地買又貴又好吃的零食。

「如真妳錯了幾題？」

「……」我沒回答皓庭，而是偷偷地看向盈序。

盈序正在翻著考卷確認分數，她的考卷上都是打勾，看到她全部一百分的那刻，我的頭就像被擊中了一樣，整個人都呆住了。

「如真，我問妳錯了幾題？」皓庭又問了一次。

「不知道。」我不耐煩地對皓庭發脾氣，並把考卷一揉塞進書包。

媽媽肯定會問我盈序錯了幾題。

金盈序！那個總是害我被媽媽唸，我一直都追不上的討人厭小孩！盈序甚至沒補習，也沒請家教！

盈序就像奶奶說的甘川家兒子，頭腦非常地聰明，不用讀書也總是考第一名，她從一年級開始，就幾乎每次考試都一百分。

媽媽對盈序感到非常好奇，想知道她是去哪間補習班，探聽她請了哪些家教，但一直都得不到任何關於盈序的情報。

通常孩子書讀得不錯的媽媽彼此也是好朋友，媽媽們每天會通電話互相交換情報和八卦。這些媽媽們只要她們的嘴巴聚在一起，全世界的秘密都會被抖出來，但是盈序直到三年級，都沒落入媽媽們的神通廣大雷達網。

後來才知道因為盈序既沒補習也沒請家教，所以才一直沒被雷達網捕捉到。盈序的媽媽除了新生入學典禮，都沒再來過學校。

媽媽說盈序的媽媽那樣是對小孩漠不關心，而這個盈序媽媽自己

都不關心的盈序，卻令我的媽媽非常在意，甚至到神經緊繃的程度，每次一考完試，媽媽就會追問「盈序呢？她考怎樣？」

回家路上，我的腳就像被綁了鐵塊似地沈重，全身重到彷彿要沉到地底深處，

真希望我就乾脆那樣消失的話就好。

打開家門的瞬間，我嚇得差點癱坐在地，媽媽雙手交叉在胸前站在玄關。

「分數出來了嗎？盈序呢？她考怎樣？」媽媽邊問邊伸出手並快速地一眼掃過考卷。

在媽媽冷颼颼的眼神下，我好像都要凍成了冰塊，即使害怕責罵，我也不能說謊，反正不用多久這些消息也都會進到媽媽們的耳裡。

「全部一百。」說著盈序的分數，我突然鼻酸了。

「那妳為什麼錯三題？」

「媽媽，其他同學……」

「其他同學跟妳有什麼關係？」媽媽的聲音裡長出鋒利的刺。

那盈序又跟我有什麼關係？為了忍住淚，我用力地咬著下唇。

這時午覺剛睡醒，頭髮亂七八糟的奶奶從房間走了出來。

「又怎麼……」奶奶正想開口，但一和媽媽對上眼又像隻鱉一樣縮了脖子，奶奶應該要說「怎麼又再折磨孩子啦？」但是看到媽媽那閃著熊熊火光的眼神後，大概發現不適合的氣氛，便就此打住。

「時間差不多該去補習班了！等妳回來再接著說，先去把中藥喝一喝，快去吧！」媽媽嘆口氣走到廚房。

我走進房間整理書包時，媽媽把煮好的中藥端進來，一語不發地放到桌上便轉身離開了，我知道媽媽像這樣一句話都不說，就表示她真的非常生氣。我突然覺得胸悶、心跳急促、呼吸變得不順暢，這時我再也忍不住了，眼淚一下子奔瀉而出。接著，我聽到蟬鳴聲……

我暫停手上所有動作，只是靜靜地站著，中藥的味道飄進了鼻子裡，我不自覺地反胃乾嘔，接著拿起裝著中藥的杯子，慢慢地走向窗邊，接著就把中藥倒進了小小的香草盆栽裡，呆看著中藥一點一點地滲入土裡，等到全部都透進土壤中，我的心裡感到一陣舒暢。

媽媽走進房間，冷漠地轉身就把空杯子拿出去了，這時我才回過神來，意識到剛剛在做什麼啊？我怎麼會把昂貴的中藥倒掉？

班長與小偷

今天也是在快睡著的瞬間，我又聽見了那個奇怪的聲音，我抱著枕頭蜷縮在角落，害怕得不敢閉眼就這樣整晚沒睡。

「奇怪！妳不是喝中藥了？臉色怎麼這麼差？」奶奶看了我的臉後問。

「盛的飯要吃光！今天是媽媽去學校輪值導護崗位的日子，媽媽先出門了！」媽媽提醒著我。

「要全部吃完啊！」媽媽又再叮嚀一遍後，就匆忙地出門了。

「這些小菜看了都不想夾啊！連肉吃久了都會膩，更不要說每天同樣的小菜，好膩啊！」醬黃豆、煎豆腐、彩椒沙拉，還有不知名的野菜不停輪流出現。

奶奶走進廚房從冰箱拿出蘿蔔泡菜，她把飯拌著泡菜的湯汁，一下子就吃完一碗飯。奶奶離開廚房後，我立刻拿了一個塑膠袋，接著把四個煎豆腐、半盤彩椒沙拉，還有半盤連名字都不知道的野菜倒進袋子，再迅速把它放進書包，我打算在路上把它扔掉。

「如真啊，我看妳是不是去看個醫生啊？妳的臉色看起來糟透了！讀書這麼辛苦的話就告訴媽媽，跟她說妳已經累得讀不下去了！別笨到人家叫妳做什麼就聽話照做！不然我看再這樣下去，妳爸爸會工作到累死，而妳會讀書讀到累死！」奶奶擔心地說。

「奶奶，我沒事。」我說完背著書包走出家門。

沿路上小菜的味道不斷從書包裡飄出來，就像提醒我書包裡有小菜的塑膠袋似的，加快我找尋路上垃圾桶的動作，就如同把小菜和媽媽的那些碎念、嘮叨也一起丟掉了一樣，讓我的內心感到無比舒暢。

「我怎麼會這樣？」過馬路後我突然停下了腳步。

倒掉中藥又丟掉小菜，我不知道為什麼會做這些事，就好像有另一個人在內心深處命令著我這麼做。

突然有人用力拍了我的肩膀，一看是皓庭。

「啊！不知道啦！不知道！」皓庭皺著眉，態度輕浮地說。

「怎樣啦？」

「我剛才遇到胡載，他說今天要選班長！他說是老師昨天在打掃時間說的，這麼重要的事，不是應該當著全班的面說嗎？怎麼會選在只有值日生在打掃時宣布這麼重要的消息啊？怎麼辦？我今天衣服隨便穿，也沒準備演講。」

「妳衣服那樣穿也可以啦！還有妳天生就很會講話，所以演講也不用太擔心，而且我們班除了妳之外，應該沒有人會想出來選班長吧？」在我看來皓庭出來選班長，然後高票通過的機率相當高。

皓庭的班長競爭對手是閔燦以，然而他這次已經被分到別班了。

「胡載說他也要出來選班長。」

「什麼？」我沒聽錯吧？胡載選班長是在開什麼玩笑？他既不會讀書又沒人緣，而且還超級愛講話，每天都嘰哩呱啦地，人走到哪就講到哪，真不知道他是哪來的自信要選班長？

「那妳更是沒什麼好擔心的了。」胡載不會是皓庭的對手。

「話別說得太快！二班昨天選了班長，妳知道誰選上了？」

「二班的話就是閔燦以那班，肯定是閔燦以當選啦！」

「聽說是蘇菈選上了。」

什麼！蘇莅和胡載的讀書、人緣都不好，竟然當選班長，真令人驚訝。

「我把這件事告訴我媽，但我媽說很多孩子到了六年級，都會開始出現叛逆，他們厭倦了走慣的路，反而故意要去找佈滿荊棘的道路，她說這就是進入青春期的現象！所以在選班長時，他們也不想再每次都選一樣的人，而想要製造反轉！萬一我們班也想要這樣的話，那我該怎麼辦啊？」

那樣的話事情就嚴重了，萬一胡載當選班長，我們班會變得多混亂啊？同學整天只顧著聊天，把學習拋諸腦後，光想像都覺得恐怖。

皓庭是個確實掌握讀書氛圍的班長，她在大考期間甚至還會抓住那些奔跑、搗亂的同學腳踝，要他們安靜。以我來看皓庭是最合適的班長人選，胡載再怎麼想要贏過皓庭，也只能望塵莫及。

「我一定要選上班長！我的目標可是學生會會長！如真啊，你最想要的班級公約是什麼？」

「幫那些有急事趕著放學的同學，代替他們做打掃工作。」

「不要開玩笑。」

「我不是開玩笑，我是真心的！每次輪到我當打掃值日生的時候，我最喜歡皓庭幫我打掃了，尤其我補習快遲到的時候，皓庭就會自願站出來，代替我做打掃值日生的工作。」

我猜不只我這麼想，其他同學也是只要一有急事，就會去拜託皓庭幫忙而且她都會欣然地接受他們的請求，大概因為皓庭只有在一間補習班補習，所以她的時間總是很充裕。

如果把這一項寫進公約裡加以宣傳的話，同學們一定都非常喜歡。

「我每個星期都請全班吃一次鮑魚，妳覺得怎樣？鮑魚對身體很好耶，不過要請這麼貴的食物，很虧就是了。」

皓庭深思熟慮後發現這個提議不怎麼樣，因為對身體好的食物都不怎麼好吃，再加上常吃的話很快就膩了。

想破頭的皓庭開始埋怨老師沒有給她時間準備。

「果然第一次當老師會犯很多錯，對吧？其他老師都在選班長的幾天前就先告知，好讓大家有準備，這就是為什麼當老師的經驗真的很重要啊。」皓庭接著說她如果沒選上班長就要轉學。

我是不懂她為什麼要為了當上班長，而如此地拼命。

時間到第二節課時，老師對大家宣布說今天要選班長。

「大家可以推舉適合人選，也可以推薦自己。」老師一說完，胡載就以驚人的速度舉手。

「老師，我要推薦自己。」

「噗哈哈哈哈。」教室裡的四面八方都爆發出了笑聲。

「不要笑！我也可以成為好班長。」胡載大喊。

說得這麼自信，我還真不知道你要怎麼當好班長，直到去年為止

08

都沒做好任何事的同學，說可以成為好班長，這要別人怎麼相信。

由於胡載的話實在是太荒唐了，就連一直趴在桌上的先里，都抬起頭來看了看胡載。

「怎樣？」胡載瞪著江先里。

先里是個對學校的事絲毫不感興趣的孩子，而那樣的先里此刻卻用一種讓人摸不清頭緒的眼神看著他，胡載因此感到自尊心受挫，竟用力握著他那不怎麼大的拳頭，朝向先里面前揮了過去。

眼看胡載和先里之間的氛圍變得不太對勁，同學們漸漸停止了笑聲，隨著笑聲停止，先里又再趴回桌上。

「為什麼大家覺得我辦不到？我也可以做得很好。」胡載提高音量說。

「你們知道二班的班長是誰選上了嗎？是蘇菈！她可是全校萬年倒數第一名啊！蘇菈都可以當班長了，你們憑什麼說我不行？」

真是不知天高地厚，蘇菈當班長，你就認為自己也能當班長？

「是啊！也給他機會試試吧！很多人才也是某天突然冒出來的，胡載如果當上了班長，說不定會做得比預期中更好呢。」老師說。

「可以啊！就給他機會吧！」皓庭皺著眉頭說。

皓庭應該是覺得胡載要選上班長的機率，幾乎是不可能。

「我要推薦皓庭。」胡載迅速地舉起手說。

怎麼有人能單純成那樣？只因為皓庭說了那句話，胡載馬上又變得笑呵呵的。

「還有嗎？」老師環顧了整個教室。

「沒有了嗎？那麼就開始進行皓庭和胡載的投票囉？」

這時寂靜的教室正中央，一隻手輕輕地舉了起來，那隻手臂劃破了水平線，就像日出的太陽那般慢慢地越升越高。

「我也想當班長候選人。」盈序舉手推薦了自己。

我驚訝地盯著盈序看，她竟然自願站出來要當班長，這根本是連做夢都難以想像的事情，不敢相信它居然發生了。

「太意外了。」皓庭一臉驚訝而且目不轉睛地看著盈序。

「升上六年級後，同學都變得好奇怪！胡載變了、盈序也變了，大家為什麼要做這些反常的行為啊？」皓庭語帶不悅地嘀咕。

我的思緒像一團糾結的線球全纏在一起，亂成了一團。

盈序為什麼要那樣？她到底在想什麼？為什麼要站出來選班長？她該不會真的當上班長吧？絕對不能讓那樣的事情發生！

「盈序這麼會讀書，現在還選上了班長？」媽媽驚訝的表情已經鮮明地浮現在我眼前。

金盈序，一個讓人無法不討厭的小孩！彷彿她每天都在研究著怎麼做才會讓我更討厭她。

班長候選人有胡載、盈序、皓庭，一共三個人。

胡載首先走到講台前發表他的公約，他說大家可以盡情的開口要求和使喚他，並保證會做出驚豔大家的事情。

雖然我很好奇他要做什麼來驚豔，但還不至於吸引我選他。

而當盈序站在台前說著公約時，我驚訝得張大了嘴巴！平時一整天下來一句話也不太說的盈序，不管教室裡發生什麼事都不干涉，也不一起參與的她，雖然不知道她吃錯了什麼藥而想成為班長，但她推薦自己當候選人的舉動，已經徹底顛覆了我對她的印象。

盈序在台上表達得很好，她不僅是很會說話而已，甚至非常擅長表達，就連咬字也相當清晰，每字每句都清楚地傳入我的耳裡，真不知道像她這麼會講話的同學，之前到底都怎麼忍住不講話的？

盈序的發表獲得了熱烈的掌聲。

嘟嚕嚕嘟嚕嚕，我的耳朵又聽見這聲音了。

我感到很不安，正是那個總在晚上要睡著那刻聽見的奇怪聲音，我的心跳開始加速，雙手也顫抖了起來。

「要是盈序可以消失到一個沒有人的地方就好了。」我握緊拳頭，嘴裡喃喃自語，甚至腦中浮現了可怕的想法，想把盈序送進一個又深又黑的洞穴中。

「下一位是皓庭。」老師的話剛說完，皓庭便馬上站起來，同時一捆韓幣萬圓紙鈔從她的口袋裡掉了出來，在她往前走後，那捆紙鈔就這樣掉落在皓庭的椅子上。

短短一瞬間，我腦海中同時冒出了各式各樣的想法，皓庭的正前方就是盈序的位子，假設皓庭的錢不見了，誰會受到懷疑呢？

有可能是皓庭的前方、旁邊，還有後面的位子，當然我也會受到懷疑，不過我被懷疑的機率很小，因為我和皓庭最要好，而且我是善良乖巧的模範生。雖然我家不是非常有錢，但我想要的東西，媽媽都會買給我，我的鉛筆盒裡也都是高級的文具，大家沒有理由懷疑我。

我迅速地撿起那捆錢放進我的書包，接著就像什麼事都沒發生似地，端正地坐在位子上。

投票結束後，老師便開始進行計票，二十三位同學之中，先里並未投票，而皓庭有九票、胡載有三票、盈序則得到了十票。

盈序當選班長！絕對不能發生的事發生了，我兩眼定定地凝視著裝著錢的書包。

皓庭不敢相信這結果，

然而無論它多麼令人難以置信，事實就是事實，就算她努力地想要掩飾，不讓其他人發現她那千瘡百孔、破碎不堪的內心。但雜亂的情緒還是全寫在她臉上。

「這全部都是老師害的。」皓庭喃喃自語。

「都是沒提前告知的老師害的。」皓庭再也忍不住，最終還是哭了。

犯人心知肚明

皓庭受到的打擊比預期中的還要大，她竟把副班長的職位讓給了胡載，其實不能說是「讓」，而是她不要那個職位，但為了顧及皓庭的面子，就說是胡載懇求後讓給他的吧。

皓庭哭了好幾個小時，因為她的自尊心很強，所以沒有放聲大哭，只是讓眼淚和鼻涕流滿整張臉，一直到了午餐時間，她才好不容易平

靜下來，雖然她沒吃很多，但還是有吃一些飯。

到了第五節課時皓庭打開書包，接著她像隻驚慌的小白兔一樣眼睛睜得圓圓的，並開始迅速地在書包裡翻找著。

「老師！怎麼辦？錢不見了。」皓庭愁眉苦臉地站了起來。

「什麼東西不見了？」正在黑板上出數學題的老師轉過身問。

「她說錢不見了。」胡載代替皓庭回答。

一聽到這句，所有同學就像約好一樣，全把目光轉向江先里。

皓庭臉色慘白地把書包拿到桌上並把它倒過來，各式各樣的雜物嘩啦啦地散落在桌上，皓庭一個個拿起來檢查。

我看皓庭慌張的樣子，還有同學們集中在江先里身上的眼神，我

突然清醒過來。

我怎麼會做出那樣的事？我開始感到後悔，但已經來不及了。

江先里似乎感覺到在她背上的炙熱視線，她悄悄地抬起頭，她先看一眼皓庭，接著又看一眼老師，然後一言不發地再次趴回桌上。

「我的錢原本就放在書包裡，結果它竟然憑空消失不見了！」皓庭仔細尋找著，連每本書都拿起來用力地抖了抖。

但我看到錢一開始在皓庭口袋，看來她今天也是恍恍惚惚的。

「多少錢啊？」

「三萬六千韓圓！是我要繳給補習班的書籍費。」

一聽到三萬六千韓圓這數字，同學們發出了「哇！」的驚呼。

「什麼時候不見的啊？」

「早上我把鉛筆盒裡的錢拿出來，就把它放到書包裡了。」

老師把手中的書放到桌上，看來她正思考這時該怎麼辦，所有同學都看著老師，等著她發號施令，不知道老師是不是因為想不出好辦法，她又開始抓著她額頭上那些不知是什麼的疙瘩，老師的額頭一下子變得花花綠綠的。

「老師！這時候應該要先搜大家的書包。」胡載站出來說。

聽見胡載說的話，我的心裡突然沉了一下。

「那麼所有人都把書包放到桌子上，然後把裡面的東西都拿出來吧。」老師點著頭說。

「老師是要我們搜自己的書包嗎？」胡載不可置信的問。

「不然要讓其他人來搜嗎？」

「呃，小偷會把錢從自己的書包拿出來嗎？想也知道不可能啊！當然要老師來搜才對！」胡載一臉無奈地望著老師，他的眼神像在說怎麼會連抓小偷的基本方法都不懂。

「一定要那樣做嗎？」老師一邊搓著手一邊緊咬著嘴唇。

我焦急地盯著老師看，我到底為什麼會做出這麼危險的事情呢？剛才看到皓庭的錢那刻，我滿腦子只想著要嫁禍到盈序的身上，除了這個念頭其他什麼事都沒考慮仔細。

「不行。」老師簡短而有力地說。

「即便我是老師，我也不能隨便翻學生書包！假設有人拿走了皓庭的錢，應該也就是一個人吧？可是現在為了要找出那個人，班上剩下的二十多人都要公開自己的書包，有些人的書包裡有著自己的秘密，萬一隱私被隨意公開，可能會讓人很驚慌，甚至會感到很羞恥。」老師長篇大論地解釋著她為什麼不搜書包。

老師接著說她以前小學五年級時，班上有人的錢不見了，那時的老師搜了大家的書包，而當時的老師開始了生理期，所以書包裡放有衛生棉。

當男老師在她的書包裡翻到衛生棉時，吳西絢老師丟臉到想找個地洞鑽進去，從那次之後一直到五年級結束為止，她連一次都再也沒有辦法和老師對到視線。

講到生理期，胡載的臉莫名地紅了，於是他安靜地坐回位子。

「那要怎麼做才好呢？還是我來翻大家的書包？」皓庭問。

「啊，我不要！我不要給妳看我書包裡的東西，如果是老師要看還勉強接受！」幾個同學異口同聲紛紛默契的把書包抱在懷裡。

老師和同學現在每講一句話，我的內心就七上八下的。

「那就交給班長來搜吧！」皓庭點名了盈序。

當上班長才幾個小時，就要搜同學的書包，盈序的表情像被閃電擊中般地鐵青，畢竟就算是班長搜書包，大家還是會抱怨連連。

「班長，我叫妳搜書包！」皓庭故意字正腔圓地又說一次。

盈序望向老師。

「這個老師不能強迫妳，也沒辦法指揮妳，不過妳要慎重選擇，避免以後心裡不舒服或是後悔。」老師看著盈序說。

「我不要。」盈序明確地拒絕。

「什麼不要？身為班長這種事都做不到嗎？那我的錢怎麼辦？」

皓庭終於忍不住放聲大哭，她越哭越傷心，甚至哭得上氣不接下氣。

皓庭本來就已經因為沒選上班長很難過了，現在又發生這種事，她像是要把之前忍住的份，一起盡情哭個夠似地越哭越大聲。

「拿走皓庭錢的人！」一直眉頭深鎖地看著皓庭的老師大喊。

由於老師喊得非常大聲，音量大到連放聲大哭的皓庭都嚇了一跳，並且立刻停止。就連平時不管教室發生什麼事，都堅持趴在桌上的先里，也受到驚嚇爬了起來。

「哦？老師喊了『拿走皓庭錢的人！』之後，先里就起來了呢。」胡載一邊說一邊用手指揉了揉下巴。

於是先里瞪了胡載一眼，又趴回了桌上。

「拿走皓庭錢的人，再把錢拿給老師，我現在先拿自己的三萬六千韓圓給皓庭！我相信那個人一定會把錢拿來給老師的。」說完這句話後，老師從錢包拿出一萬的韓圓紙鈔三張和兩張千圓紙鈔，然後又從錢包裡摳出四千韓圓的硬幣給皓庭。

皓庭呆望著老師遞給她的錢，似乎在猶豫著該不該收下。

「快收下吧。」老師催促著，於是皓庭勉為其難地收下了。

「可是小偷會把錢拿給老師嗎？如果是我絕不那樣做。」胡載雙手抱胸，一邊左右搖晃著他那顆大頭一邊說。

我這時才鬆了一口氣。

下課休息時間，同學三五成群地討論著三萬六千韓圓和吳西絢老師，大部分的內容都在說老師太不懂人情世故，在這世上有哪個小偷會把偷來的錢，再老老實實地交給老師？

同學說得沒錯，我是絕對不會把錢拿去給老師的。

不過我開始擔心這些錢該怎麼辦，雖然我是情急之下拿了那些錢，但絕不是貪錢才偷的，所以我沒勇氣花那筆錢。

「喂，金盈序！妳當選班長後不請客嗎？」將三萬六千韓圓的話題，講得口沫橫飛的胡載，這時突然看向盈序，胡載把手伸進褲子的口袋中，搖擺著屁股走近盈序。

「班長就要請客啊！二班的蘇菈都請全班吃漢堡了，妳就算不請我們漢堡，好歹也要請一人一隻熱狗吧？妳就快請客吧！」胡載說完還吞了吞口水。

人家都還沒打算給你年糕，你就開始喝起泡菜湯了，別人根本還沒有那樣的想法，胡載卻已經開始盤算起來了。

盈序雙唇緊閉，沒想到胡載把屁股靠在她的桌邊並坐了下去。

「你別想跟盈序蹭吃蹭喝的！」就在這時坐在最角落的東美說話了，平時她是不會輕易開口的，通常你問了她好幾句也只回你一句，看來東美好像是看到胡載一直糾纏盈序，所以才忍不住出聲了。

「哦？東美很了解盈序嗎？」胡載快步地跑到了東美的旁邊。

「了解什麼？我只是叫你不要蹭吃蹭喝的。」東美轉移了話題。

「這哪是蹭吃蹭喝？我是光明正大地叫班長請客！漢堡！熱狗！漢堡！熱狗！」胡載突然舉起右拳並大喊著食物名。

緊接著班上男同學們都紛紛跟著胡載起鬨，但盈序從頭到尾都沒回應，喊到喉嚨都痛了的胡載，因為喊累了便自己停了。

「你們以為班長是誰都能當的嗎？」皓庭嗤之以鼻地說。

皓庭打掃完後沒立刻回家，她反而坐在位子上緊盯著手機，並在六年級的群組聊天室裡傳著訊息，那是六年級的同學都會加入的群組，但這是皓庭第一次在群組聊天室裡聊天。

「雖然老師先給我錢了，但還是要捉小偷吧？如真覺得呢？」

「咦？嗯，要揪出來！」我邊走邊點進群組聊天室，裡頭跳出數十則關於錢不見的訊息。

其中談論著很可惜老師沒搜書包，如果有這麼做絕對可以抓住小偷的訊息是最多的，而第二多的訊息則是在懷疑江先里就是小偷。

「大家心裡應該都喊得出小偷的名字吧。」

「你們覺得是誰？」

「還會是誰？就只有一個可能啊。」

「江先里？」

「當然是她，不然還會是誰？」

在群組裡先里被大家的訊息塑造成小偷，我對她感到很抱歉。

「她怎麼偷的呢？今天又沒體育課……教室裡一直有人啊。」

「就是說啊，而且江先里的位子和皓庭的位子離得很遠耶。」

「唉呀，反正就是江先里偷的啦。」

連補習的時間，大家都在群組聊天室裡熱絡地討論著。

「江先里一整天都趴在桌上，她沒走去皓庭附近過。」我停下腳步，輸入了一串訊息，我想阻止大家嫁禍給什麼都沒做的先里。

「所以有可能不是江先里？」

「應該要先懷疑坐在皓庭附近的人。」我又送出了訊息，便趕緊把手機放進書包。既然事情已變成如此，我想把一切都栽贓給盈序，雖然坐在皓庭附近的人也包含我，但我有自信絕對不被懷疑。

我勤快地繞過操場，順利搭到停在文具行前的英語補習班接駁車，但我在補習班完全無法專心，而老師也像是能夠讀心術一樣，總是巧妙地揪出孩子們和平常不一樣的地方，然後就不停地問一堆問題。

老師樂此不疲地處處刁難我，一下叫我唸課文、一下要我回答題目，接著又要我用正確的發音再說一遍答案。但是我傳完訊息後，同學都回覆了些什麼呢？一邊唸著課文、一邊回答著題目，還要努力捲舌說著英文的同時，我滿腦子都在想著群組聊天室的事。

下課後我沒去搭接駁車，我坐在補習班外面的長椅上並拿出手機。我的訊息下面多了好幾則回覆，但大家依然指控江先里為小偷。

新星補習班

有人說膽子這麼大，敢在都是人的教室偷錢的除了先里沒別人了。還有人說『小時偷針，大時偷金』替先里的未來擔憂，先里已經在群組聊天室裡被大家抨擊得體無完膚，我對她越來越愧疚。

正當我要把手機放回去的時候，突然又跳出了一則新的訊息。

「你們有證據嗎？如果有江先里偷錢的證據，現在馬上就拿出來！連證據都沒有，就指控別人是小偷，這是錯誤而且非常惡劣的行為。」這個訊息發送人的顯示名稱是大海。

「大海是誰啊。」回家路上，我重複唸了數十次大海。

要站出來反駁所有人的意見，可不是件容易的事啊！這個人會是誰呢？然而不論我怎麼想，就是想不出這個叫做大海的人究竟是誰。

「看來盈序這個孩子沒有不擅長的事情啊！不是聽說她還選上了班長？」一回到家，媽媽就提起了這件事情。

「看來這個孩子沒有不擅長的事情啊！」這句話在我耳裡聽來，好像是在問我「那妳為什麼辦不到呢？」

「妳現在還想讓如真當班長啊？」正在看電視的奶奶插嘴說。

「當班長是能當飯吃？當班長只會讓自己頭痛而已！我幾年前不就當過鄰里班長嗎？哎喲喂，那時候一堆有的沒的事，搞得我一下子老了十歲。」奶奶搖著頭說。

「媽，鄰里班長和學校班長一樣嗎？」

「是嗎？不一樣嗎？總之我以前住鄉下時，有個叫做甘川家的，他們家的兒子非常聰明，聰明到他自己不想當班長，卻還是老被老師和同學們推出去做班長，也不知道是不是因為當班長太過勞心費神？他即使後來沒再當班長了，頭髮卻還是掉得稀稀疏疏的，國小都還沒畢業就已經成了禿頭。」

「媽，您之前不是說甘川家兒子讀書讀得太多，結果死了嗎？」

「噢？我有那樣說過嗎？呃嗯，之前那是大兒子，現在這是小兒子啦！總之妳少拿其他孩子當班長的事，又在那邊折磨如真啦！所有的孩子在出生時，就已經各自具備了自己天生的強項和人生的方向了。」奶奶說完後關掉電視便逕自走回房間。

「妳為什麼總是輸給盈序呢？」媽媽垂下肩膀並喃喃自語。

「期中考快到了，好好振作！」媽媽鼓勵自己似的喊著。

我回房間從書包拿出三萬六千韓圓，並迅速把它塞進床墊下。

「金盈序！」我握緊拳頭喊一聲後，拿起手機進入群組聊天室。

「江先里的座位離皓庭太遠了，犯人有可能不是江先里而是其他人。」我迅速地傳送出這則訊息後，立刻把手機放進抽屜裡。

二十四碗炸醬麵

盈序一早進到教室連書包都還沒放下，就朝著老師走去，接著老師和盈序嚴肅地說著悄悄話。

「哼，當班長後就努力想跟老師變親。」皓庭看不慣地說。

「如真啊，我打聽到關於盈序的事，東美不是叫大家別期待盈序當班長後請客嗎？妳知道為什麼嗎？」皓庭低聲地說。

同時間我聽到「妳說妳不要當班長了？」老師驚訝的聲音響徹了

整間教室，全班的眼睛同時看向了他們，看來盈序應該是跟老師說她不要當班長了，我發現那一刻皓庭的眼神突然閃爍了起來。

「為什麼？」老師皺起眉頭，這時她額頭上那整片不知平時是怎麼亂摳、亂抓它們的疙瘩，全被擠到額頭中間，那些集中的疙瘩看起來就像肉瘤一樣大，已分不出是青春痘還是粉刺，全變得又腫又紅一整片，盈序支支吾吾地說不出話來。

「是因為我叫妳請全班吃熱狗的關係嗎？」胡載插嘴問。

「聽說盈序家超級窮。」皓庭快速地在我耳邊說。

「是吧？我叫妳請客，所以妳才不當班長了？」胡載繼續問。

盈序低下頭不說話，她襯衫上方露出來的脖子一片通紅。

聽說盈序家很窮？那就可能因為請客的壓力她才不當班長的。

「為什麼盈序要請你吃熱狗？」老師問胡載。

「因為當選班長要請客啊。老師連這個都不知道嗎？唉呀，老師怎麼每件事都要我們一個一個教呀？好像我們才是老師。」胡載學大人嘖嘖地咂著舌。

「啊，班長請客？老師本來今天打算要請的呢。」

「老師為什麼要請客啊？」

「班長的任務，不就是要協助老師，好好地帶領整個班級嗎？所以我想要好好地拜託班長，懇求班長未來多多幫忙。」

聽完老師的話，敲竹槓專家胡載轉頭看了看同學們，他的表情像是在問你們覺得呢？老師這麼說合理嗎？眼看同學們都沒任何反應，胡載便悄悄地坐回位子。

老師握著盈序的手，她們彼此之間又說了一陣子的話。

「這是有什麼好拜託的？還真會懇求啊！既然盈序都說不想當班長了，就不要讓她當啊，為什麼還要求她繼續當班長啊？」皓庭看起來恨不得盈序可以放棄班長的職位。

老師和盈序似乎談得很順利，盈序帶著微微泛紅的臉一邊搓著雙手一邊回去她的座位，而老師則是滿臉笑容地看向窗外。

我也跟著老師的視線看向窗外，早晨的陽光明媚地灑下，一隻鳥兒有力地突破了陽光，並從中飛起。陽光照在鳥兒的背上，使鳥兒也變得閃亮耀眼，整個身體散發著光芒，陽光和鳥兒看起來就像融合成一體。直到那隻飛翔的鳥兒的身影徹底消失在陽光裡，我才又轉頭望向老師。

「今天中午要不要吃炸醬麵呀？老師請你們吃午餐，這是老師的心意，同時也想要藉此拜託盈序和你們未來要多多幫忙。」

一聽到炸醬麵三個字同學們面面相覷，老師竟然說要請吃炸醬麵？在學校裡叫外送來吃可以嗎？那學校原本的供餐又要怎麼辦？

「怎麼啦！？大家擔心什麼呢？不用擔心！每個人本來就有選擇

要吃什麼的自由，那不僅僅是自由也是每個人的權力。」

這個嘛，我當然知道我們有選擇要吃什麼的自由和權力，但我真正好奇的是我們真的可以叫炸醬麵外送到學校吃嗎？

「我們可以不吃學校的供餐嗎？」胡載一臉懷疑地問。

「當然可以的啊，誰說不行？」

「那供餐要怎麼辦？」

「跟學校說今天我們班不拿供餐就可以啦！」

「原來這麼簡單！好啊，我可以加大嗎？我想吃大碗的。」

胡載一說完，其他孩子們也紛紛附和「我也要點加大」、「不叫份糖醋肉嗎？」、「我可以吃辣海鮮麵嗎？」、「老師您要叫炸醬麵就叫道峰閣的吧？那家的炸醬麵最好吃。」

瞬間四面八方都是同學們的說話聲，整間教室鬧哄哄的，糖醋肉、炒飯、雜菜飯、辣海鮮麵、八寶菜、辣子雞，幾乎中國餐廳菜單上的所有食物全都登場了。

「喂喂，我們如果叫太多種要等很久才會送到，所以我們還是統一點炸醬麵吧？」同學們覺得有道理，聽從了胡載的建議。

「老師！一共是二十三碗！不對，再加上老師的一共是二十四碗炸醬麵。」

炸醬麵的威力很驚人，明明走出學校時看似平凡、價錢也不怎麼貴的「平民炸醬麵」，到了學校卻變成了「神之炸醬麵」，因此同學們不停問今天的時間為什麼過得那麼慢？大家吵吵鬧鬧地說可以趕快到午餐時間，快點吃到炸醬麵就好了。

然而皓庭卻一臉不以為然的樣子。

「明明就是班長應該要請的客，老師為什麼要幫班長出啊？上一次我的錢不見，老師也自掏腰包補償給我。她是在炫耀自己的錢很多嗎？還有他們為什麼各個一副這輩子從沒吃過炸醬麵的俗氣樣？像群鄉巴佬似地吵成那樣！」皓庭抬起下巴不滿地說。

第三節下課後老師便向道峰閣點餐，並請店家準時送到。

「老師您很有錢嗎？」就在老師點完餐後，胡載問。

「沒有啊，我並不有錢！你為什麼這麼覺得呢？」

「皓庭錢不見時，老師也代墊了那筆錢，然後現在又代替盈序出班長要請客的錢，這樣兩筆加起來的話，總共是多少錢呀？三萬六千韓圓，再加上炸醬麵一碗四千韓圓，四千還要乘以二十四……。」胡載眼球轉個不停認真地計算著。

「炸醬麵的費用是九萬六千韓圓，再加上三萬六千韓圓的話，一共是十三萬兩千韓圓，這樣的金額不用很有錢也付得出來。」胡載計算老半天還沒算出來，老師於是開口說。

第四節一下課，幾乎所有人都迅速地把桌上收拾乾淨，並同時看向窗外。

「來了！」摩托車才剛騎進校門就有人大喊。

以美味炸醬麵聞名的道峰閣中國餐廳，這次外送出動了三台摩托車，炸醬麵都還沒進到教室，同學紛紛開始排起隊來。

然而江先里直到最後都沒出來排隊，她似乎對炸醬麵不感興趣，不過她在群組聊天室裡被大家抨擊成那樣，還願意來學校就夠了不起的了！我昨天還一直擔心著，萬一她不來學校的話該怎麼辦。

老師走到江先里旁邊，一邊搖著她的肩膀一邊懇求她起來排隊，然而那樣做是沒用的，那只會讓她更死命地黏在桌上。

三名外送員幾乎同時走進教室，他們一打開外送食物的鐵盒，整間教室便充滿了炸醬麵的香味。

「這份糖醋肉是贈送的。」外送員把糖醋肉的大長盤放桌上。

「一人兩個剛好可以平分。」胡載的目光固定在糖醋肉上。

攪拌炸醬麵時所有人都沒講話，整間教室裡只聽見唰唰地拌麵聲，還有咕嘟咕嘟地吞口水的聲音。

老師拌好了炸醬麵後，把它放到了江先里的桌上，她扭動了身體，老師趁這時把筷子塞進她手上，並懇求她趕快趁熱吃。

不知道是不是拗不過老師懇求，江先里無可奈何地抬起身體。

「我要開動了。」胡載的話就像是比賽開始的哨聲一樣，他一說完便聽見四周傳來大口吸著麵條的聲音。

其他班同學聞到了炸醬麵味道，都一個個趴在窗邊上探頭探腦，他們那樣就好像是緊緊地攀附在樹幹上的蟬一樣。

「我們班導請客。」胡載滿嘴黑糊糊的炸醬，得意地說著。

緊接著有越來越多的同學聚攏過來，就連二班的老師經過走廊時，也站在同學後方偷偷地瞄了幾眼。

「好吃嗎？」二班的班長蘇莅拉開了窗戶問。

「人間美味！這是我活到十三歲以來吃過最好吃的！」胡載說完豪邁地張大嘴把剩下的全塞進嘴裡。

道峰閣
P
道峰閣

「分我吃一口。」

我分不清蘇蒞是認真的還是隨便說說？她該不會真想要分一口胡載吃過的麵吧？胡載的吃相簡直一團糟，吃得到處都是。

「真的要我分妳一口？」

「當然真的啊！難道是假的嗎？」

「好！就分妳一口！」胡載猛然地站起來後一溜煙跑到走廊。

我看見老師手上拿著筷子朝向胡載揮來揮去，她應該是想要制止他，並告訴他拿著食物跑來跑去是不行的。但是老師的嘴裡也塞滿了炸醬麵，所以她連一句話都說不出來。

就在這時，走廊傳來了一聲怒吼。

「這是什麼啊？」

剎那間，原本靠在窗邊的同學們全都遠離窗戶，還有幾個同學從後門跑出去，皓庭也拉著我的手跑了出去。

「這到底是在搞什麼啊？」校長雙手叉腰站在走廊上大聲地吆

喝，他的白襯衫上沾滿了炸醬，褲子上也掛著無數根麵條，腳背上還蓋著一個打翻的炸醬麵碗。

胡載就像隻在貓前的老鼠不敢動，低著頭站在校長面前。

原本他應該是想像個視義氣如命的帥氣電視劇男主角，義無反顧地衝去走廊給朋友一口炸醬麵，沒料到就這樣和校長撞個正著。

我記得校長上次朝會時說過，今年是他當老師的最後一年，所以他想充實地讓它成為最有意義的一年。

不知道校長所謂的充實地度過今年，指的是不是要嚴格實行禮節規範？因為從那次朝會後，校長無時無刻都在抓那些在走廊奔跑的同學，以及不好好問候師長的孩子，還有把室內鞋弄得髒兮兮的人。

那些被抓到的孩子會被帶進校長室，雖然不知道他們被帶進校長室裡做什麼，但大部分的孩子都是哭著走出校長室的。

我看老師把嚼著的炸醬麵一口氣嚥下去，接著起身走出去。

「六年三班的班導師！」校長瞪著老師一字一板地說。

不知道老師是不是被眼前的慘狀嚇得張不了口，連回答都沒辦法回答，只是不知所措地站在那裡。

「吳西絢老師。」校長一字一板地又說了一次。

「是。」老師畏畏縮縮地小聲回答。

「您現在是在做什麼？」校長皺著臉問。

「炸醬麵，我正在吃外送的炸醬麵。」

老師如果這樣回答，我覺得她還不如不要回答比較好，正在吃炸醬麵這件事擺在眼前，不用說也一清二楚。

「你們班為什麼浪費營養均衡的學校供餐不吃，要叫外送炸醬麵來吃？還有為什麼可以讓孩子邊跑邊吃？」校長邊說邊用力地跺了一下腳，結果黏在褲子上的麵條就唰啦啦地掉到地上。

老師一語不發地望著校長，我猜老師大概也知道，如果再回話事情可能會更大條。所以她就不敢吭聲，但她卻開始不停摳著額頭。

「吳西絢老師，就算您第一次當老師，也必須懂得區分能不能做的事吧？今年可是我當老師的最後一年，請您務必配合讓它畫下美麗的句點。」校長邊說邊用腳把打翻的碗翻正。

老師仍舊只是沉默抓著額頭。

「唉呀，這根本是讓一個孩子帶一群小孩啊！難道妳二十幾歲了還在叛逆期啊？既然被指出錯誤和訓斥了，就應該要恭敬地回答說以後不再讓這樣的事情發生了才對啊！妳那是什麼態度啊？只會在那摳著額頭，簡直跟青春期的小孩沒兩樣！唉呀，嘖嘖嘖。」校長邊咂著舌邊嘀咕地說。

「請把這些收拾乾淨！並且從現在起一定要讓孩子們吃學校的供餐，另外請再教導孩子們用餐的規矩，告訴他們吃飯時要坐在自己的位子上吃。」校長斜眼看著那些散落在走廊上的炸醬麵，說完這句就轉身匆匆離開了。

「好的。」老師站在校長身後恭敬地回答，還彎腰鞠了個躬。

「真是的！為什麼我總是越想做好就越容易搞砸？」老師邊清理邊喃喃自語地說著。

老師您這是在袒護小偷

看起來老師額頭上那些疙瘩，最近變得更多了。

前天的炸醬麵事件，老師被校長狠狠地訓斥後，這幾天只要走廊上傳來急促的腳步聲，老師就會露出緊張的神情。事實上從那天起，校長時不時就經過我們的教室走廊，簡直像在監視吳西絢老師一樣。校長甚至還把臉緊貼在窗戶上，似乎如此才能徹底環視教室每個角落，老師每次和校長對到視線時，都會去摳一摳額頭。

昨天當校長又再把臉貼在窗上時，老師不知道是不是想好好表現，她刻意把身體站得筆直，然後紋絲不動地唸著課文，可能是全身都繃緊的關係，老師不只腿和手臂甚至連聲音都在用力，可能因為專注加上用力過猛，突然間老師的屁股傳出了「噗……」的聲響。

原本教室裡只聽見朗朗讀書聲，這突如其來的響亮屁聲讓老師尷尬得不知如何是好，大家也同樣尷尬，雖然很想笑但現在並不適合。皓庭為了忍住而用力地捏大腿，胡載則是用拳頭堵住嘴並仰望天花板，而趴在桌上的江先里也抬起頭，看了看周圍的同學。

校長一樣貼在窗上盯著這氣氛不尋常的教室，看了許久才離去。

「啊，就算再搞笑，眼睛也還要盯著課本看才對！我猜老師八成又要被校長修理了。」下課時皓庭靠在我耳邊低聲地說。

這時胡載走到了講台前喊著「我們要不要選個人來把風啊？不然無時無刻都警戒著不知何時出現的校長，讓人很沒安全感！尤其下課時稍微想玩鬧一下，還要擔心校長突然冒出來，這樣根本無法放鬆玩！還有我連尿急都快要尿出來了，我也不敢跑去廁所。」

「哇，這主意很不錯耶！」皓庭附和。

「閔仲以來當把風的人吧！你位子離走廊近加上你脖子又長，很容易把頭伸出去看……」

「我辦不到。」胡載的話都還沒說完，閔仲以就開始搖頭了。

當大家還在討論要由誰來把風時，上課鐘聲便響了起來。

老師進教室後在鏡子前先站了一會兒，把藥膏仔細塗上額頭後，接著轉身對大家說「我很抱歉！要跟你們傳達一個壞消息。」

「壞消息不要說！我們不想知道！」胡載回答了老師。

「這是一件就算你們不想聽，也必須要知道的事，你們應該都清楚馬上就要期中考了吧？今天我會針對各科做隨堂小考，老師本來也想說都要期中考了就別再小考吧，但其他班導師都說我們班也得小考才行！那今天反正只是小考，放鬆心情面對就好。」

一聽到考試兩個字，我又開始變得焦躁不安。

「老師，既然說是期中考前的小考，那不就更要繃緊神經去考嗎？因為那些題目很可能會在期中考裡出現啊！還有期中考成績出來後，哪班第一名哪班最後一名，也都會被公佈出來，我們班如果放鬆心情考了最後一名，老師也沒關係嗎？」皓庭忿忿不平的說著。

雖然我不知道她是哪次會繃緊神經去考試？我斜眼瞄皓庭一眼，看起來她好像變了，難道班長沒選上，現在想用成績來拼勝負嗎？

「我們班如果考最後一名，估計您又要被校長罵了，校長會不會到時候整天都貼在窗上，全天候每分每秒監視著我們啊？光是用想的都覺得好恐怖。」胡載裝出瑟瑟發抖的樣子。

「老師，大考要到了！班上的讀書氣氛很重要，我當班長時都會直接揪出那些在考試期間嬉鬧的同學，用心守護認真用功的同學。」

「因為皓庭忙那些，所以她成績並不好。」胡載打斷了皓庭的話。

「至少比你好。」皓庭皺起眉頭用力瞪了胡載一眼。

「那是當然！大部分同學的成績都比我好吧？」胡載不認輸的回嘴。

每次看胡載驕傲自信地談論自己成績不好的事，我都會感到很神奇，其實直到去年為止，他還不至於如此厚顏無恥，他頂多只是喋喋不休，然而現在好像變成不知羞恥為何物的小孩。

「皓庭說得有道理，氣氛當然很重要！那麼該怎麼做才能維持讀書氣氛呢？盈序可以像皓庭一樣守護好班級，確保班上沒有嬉鬧四處亂跑的孩子嗎？」老師看著盈序。

「我不要！我也要讀書！」盈序完全沒猶豫地回老師話。

「裝什麼裝。」皓庭嘀咕一聲，瞪了盈序的後腦勺一眼。

這次數學隨堂小考有十題，縱使我每晚都在家拼命寫練習題，但每次一考試我的腦袋又開始一片混亂。我一開始很輕鬆地算出了八題，但有兩題一直解不出來，我瞄到盈序振筆順暢無阻地寫考卷，心想萬一她這次又考一百分的話怎麼辦啊？一想到這個最讓我擔憂的事，那些數學公式就好像變成亂糟糟的碎片般，在我的腦海中翻攪。

正當大家安靜寫考卷時，突然砰一聲巨響，教室的門被差點要撞碎似的猛力給推開了，接著一位阿姨走進來，衝進來的阿姨扎著一頭捲髮的馬尾，沒化妝的臉上滿是不打算遮掩的怒氣和雀斑，腳上還踩著橡膠拖鞋。當她一踏進教室，原本一直趴在桌上的江先里就像是感應到了什麼似地，瞬間抬起頭來。

「媽，媽媽。」雖然江先里支支吾吾，但我有聽見她叫了媽媽。

「您就是六年三班的吳西絢老師嗎？我是江先里的媽媽。」江先

里的媽媽用手指把蓬亂的瀏海向後梳，接著向老師點了點頭。

「啊，是的！江先里的媽媽您好，不過……。」老師的臉上浮出了深黑色的陰影。

像這樣用力地撞開門，侵略式地衝進教室裡顯然沒什麼好事，不過現在是怎麼一回事呢？老師的眼神裡看起來不知所措。

「老師，那件事您知情嗎？」江先里的媽媽劈頭就問。

「……。」老師雙唇緊閉，直愣愣地看著江先里的媽媽。

「您知道在群組聊天室裡，所有人都誣陷我們家江先里嗎？」

咚的一聲，我聽見自己胸口傳出心臟墜落的巨響。

「啊，是……。」老師轉過頭迅速地以眼神掃描一圈教室。

「您這意思是說您知情嗎？」江先里的媽媽說完大力拍打桌面。

老師因此被嚇了一大跳，整個人都彈跳了起來。

「我承認我家江先里以前會偷錢，她以前根本是個壞東西！」

「不是，您也不需要把話說得這麼重……。」

「偷錢就是惡劣！我有說錯嗎？」江先里的媽媽尖銳地大喊。

「啊，是……沒錯。」老師被嚇了一大跳，所以連忙回答。

「但那就只到五年級為止，之後我家江先里就再也沒做過那種事了！雖然很難跟您仔細說明白，反正我家就是有發生一些事。您才剛來這所學校沒多久，所以不太清楚吧？大家可以仔細想想最近一年，我家江先里還有做過那種事嗎？」江先里的媽媽望向同學。

大家面面相覷，不過這樣回想起來，江先里已經好一陣子不是全校師生的議論對象了，當然除了上課睡覺這件事以外。

「我家江先里都下決心要當乖孩子了，你們非但不幫忙，還這樣誣陷她？」江先里的媽媽激動地喘氣，並用力地搥打自己的胸口。

「再這樣下去，萬一等下所有參與群組聊天的人都被叫出來的話怎麼辦啊？」皓庭轉過頭來，滿臉恐懼及擔憂地對我說。

聽見皓庭的話，我的心臟也像被什麼東西刺中似地縮了一下。

「很抱歉。」老師彎腰鞠了個躬。

「聽我們家江先里說，是老師您叫孩子們不要搜書包的？如果那天您直接搜書包的話，就可以當場抓到真正的小偷了！我還聽說老師您拿自己的錢，給了那個遺失錢的孩子？」

「是的，那是因為……。」

「老師！」

就在老師正要說些什麼的那刻，江先里的媽媽打斷了她。

「您這樣做是袒護了真正的小偷，而且您還害我家江先里被誣陷成小偷！這些您都知情吧？我恨不得不要再讓她來學校了，但是如果我家孩子因此就不上學的話，不就是等於間接默認罪行了？所以我只能百般安撫，好不容易才把不願上學的孩子送到學校！我實在忍無可忍這樣對待我家孩子對嗎？」

老師說不出話來，就像蜷縮在肥貓面前的老鼠一樣呆站在那。

這時一直敞開的教室前門突然冒出一顆人頭，仔細一看是校長。

「完蛋了！」有人大喊。

「發生什麼事？你們的聲音大到連校長室都聽得見，所以我才過來看一下。」校長一邊觀察江先里媽媽的臉色，一邊走進教室。

「您是校長嗎？」江先里的媽媽轉過身來面對校長，接著她把不久前才剛對老師說過的話，原封不動地重複了一遍。

「原來您是江先里的媽媽啊？」校長把江先里媽媽說的所有話都聽完之後，開口說。

「您知道我家江先里嗎？」

「當然知道啦！我們學校裡哪有不認識江先里的人啊！總之這事

我會處理，所以請您稍微冷靜一下先回府上休息，我會再聯繫您。」

江先里的媽媽堅決不肯罷休，校長只能一而再，再而三地耐心安撫，費了好一番工夫後，才送走了江先里的媽媽。

「六年三班的導師！吳西絢老師！」江先里的媽媽一離開教室，校長便直視著老師並大聲喊她的名字。

「那天為什麼不直接積極地找出偷了錢的孩子？」

「我……我反對檢查孩子們的書包！」老師用低沈的聲音說。

「那麼被誣陷為小偷的那個孩子，她的隱私呢？那個在群組聊天室裡，被大家無憑無據地誣陷成小偷的孩子，她的隱私就沒關係嗎？」

老師被校長問得啞口無言。

「請您現在、馬上、立刻就把真正偷錢的孩子找出來！還給江先里一個清白！我當老師的經歷幾十年了，我只要看人講話的模樣，就知道他說的是真是假，我看江先里的媽媽說的是真的，她是真心地感到很冤枉！江先里的心裡一定也是冤枉得不得了吧！難道以前做過不對的行為，現在就理所當然要被這樣誣陷嗎？而且再怎麼說，您身為老師，不該讓這種事發生。我再說一次，請您現在、馬上、立刻找出那個偷錢的孩子！還有以後請您讓江先里在上課時不要一直趴在桌上！還有那邊那個同學、那個同學、還有那個同學，你們到底有沒有在好好地上課啊？」校長邊說著那個同學、那個同學，邊一一指出，點到的同學有東美、閔仲以、胡載。

校長在一番長篇大論後嘖嘖地咂著舌離開教室，他離開時還一邊說著「唉呀，簡直就像是一個孩子帶一群小孩，真是叫人放不下心。」

老師不發一語的搓著手，一會兒猛然抬頭看了看天花板，接著用力地咬住下嘴唇，看來老師似乎努力地想平靜下來。

「其他老師也都治不了江先里上課睡覺的壞習慣，為什麼要叫吳西絢老師去治啊？我們班導好可憐啊！」胡載感到不平的大喊。

一聽到胡載說自己很可憐，老師的眼眶瞬間變得濕潤。

「喂！」胡載忽然站了起來。

「真正的小偷快自首啊！雖然不知道是誰，但你看老師這樣，難道不覺得很可憐嗎？再這樣下去，我們班導可能就要被學校炒魷魚了！如果你還有良心，就快去自首！聽到了沒？」胡載一邊吼著一邊握緊拳頭，用力地隨每個字捶在桌上。

桌子被劇烈捶打的聲響，讓我的心臟快速地跳動起來。

「還有皓庭，就是妳！是妳帶頭在群組聊天室誣陷江先里的吧？」胡載的怒火也噴到皓庭身上。

「妳看胡載不覺得他很奇怪？我看他只是想仗著是副班長，在那作威作福。他都忘了明明是我不想要當副班長，他才好不容易當上！現在他卻表現得一副像班長的樣子啊？」皓庭不高興地抱怨。

「我清楚地告訴大家，江先里真的沒拿走皓庭的錢！老師很確定這點，雖然我不像校長擁有幾十年的教學經驗，但老師很肯定這個事實。所以請大家不要再誤會江先里了，如果這陣子有懷疑過她的同學，也要去向她道歉。」老師用低沉的聲音說。

江先里聽到這段話，抬起頭看著老師。

累的話就說出來

即使在這樣亂糟糟的突發狀況下，全班還是完成了隨堂考。

而盈序和平常一樣所有科目都拿了一百分，她的腦袋裡到底裝了什麼？該不會是裝了什麼機器吧？還是那種只要輸入一次就永遠不會忘記的機器。

媽媽看著隨堂考的成績皺起了眉頭。

「四科一共四十題就錯了五題！」媽媽眼神無奈地看著我。

我不喜歡那種眼神，就和驚險萬分這個詞一樣讓我感到很討厭。

「妳先去吃點心吧！等下還要去補習。」媽媽把裝著兩塊吐司的盤子放到我面前，吐司上放著加了各式各樣青菜的煎蛋。

媽媽做給我的食物真的都對頭腦好，又有助提升專注力嗎？為什麼我吃了那麼多，頭腦還是和以前一樣，就連專注力也沒提升？

「這題不是很簡單嗎？」我才咬下吐司，媽媽就嘮叨了起來。

在媽媽眼裡，這些題目全都很簡單，隨便誰都可以輕鬆解出來，而我卻像笨蛋竟然寫錯。

「唉！妳能考好期中考嗎？」媽媽沮喪的問。

聽到這句話，我剛吞下的吐司，不知為何好像卡在喉嚨。

「唉呀，俗話說小狗吃飯時不要去惹牠！小孩吃東西時，妳怎麼一直在她面前說那些啊？別再折磨孩子啦！」剛走進廚房喝水的奶奶，說完這句後便轉身出去了。

媽媽聽完後停頓了片刻，接著突然想起了什麼事情似地，迅速走出廚房，過沒多久媽媽抱著一疊書走回來。

「妳來看這個。」媽媽把書放到餐桌上。

我一看那些書的封面全是英文。

「費了好一番工夫才拿到這些書。」媽媽拉開餐桌前的椅子，然後坐下來並開始把那些書一本本的攤開。

「妳還記得之前寒假時，英文補習班的主任說過嗎？他說妳在閱讀短文時，常常因為沒徹底讀懂內容，而寫出錯誤的答案！他那時候還一天到晚說要讓妳多看原文書提升閱讀力！我找的這本是童話故事，裡頭也有翻譯韓國名著，妳讀起來應該不會太陌生。」

「天啊！能讀完這些書簡直就是美國人了吧？還會是韓國人嗎？」奶奶不知什麼時候過來的，她站在媽媽的身後吐了吐舌頭。

「媽，現在小孩都是這樣學習的！如果在那些學區比較好的社區，從上幼兒園的第一天起，都是讓孩子們用這樣的書來學習英文的！通常五歲左右的孩子就能用英文表達想法了，所以就這幾本原文書，根本算不上什麼！」媽媽沒好氣地說。

「妳說那些孩子這麼小就開始用這樣的書學英文？那他們還會講國語嗎？他們這樣小小一顆腦袋瓜，這個要裝、那個也要裝的通通塞進去，他們不會搞混啊？我好害怕再這樣下去，以後會不會連法律都規定，讓那些好端端的孩子得去染金色的頭髮，再把眼珠弄成藍色的啊？」

「媽！」媽媽大喊奶奶。

這是每當媽媽不想再回應時，就會習慣性出現的

反應。

「唉喲喂，嚇我一跳！每次妳大喊一聲，都把我嚇得整個人差點癱軟！知道了啦！我這就閉嘴了。」奶奶後退了一步。

「這是美國的課本……」媽媽繼續向我介紹那些書。

「美國的課本？不就是美國小孩在學校讀的書嗎？那東西怎麼給韓國小孩……啊不對，我要閉嘴。」不小心又亂插話的奶奶，一和媽媽對上視線，就連忙把頭轉開。

「下個月爸爸升遷了會加薪！所以我們就請英文家教來吧！」

「孩子她爸要升遷啦？」奶奶眼睛睜得圓圓地問。

「他那麼認真地工作，當然要讓他升遷啊！」

「真是太好啦！那趕快先把車子給換了吧？那台車應該是如真出生前就買了吧？每次開車出門那輪胎就像是在宣傳『我是老古董』，不停發出嘎嘎聲，我每次聽得都提心吊膽地深怕它拋錨。」

奶奶說得沒錯，爸爸的車不但是老古董而且還很小台。

每次爸爸和朋友聚會時，如果找不到停車位，他的朋友通常就會開這個玩笑，「反正你的車那麼小！乾脆把它收到口袋裡帶著走吧！」

去年寒假時還發生過這樣的事：那天我們全家人久違地一起出去吃飯，吃飽後走出餐廳看見爸爸車旁停了一台威風凜凜的高級汽車，那台汽車上還掛著外國品牌的標誌，爸爸的車子擺在它旁邊，顯得無比寒酸又可憐。

媽媽不自覺地張大嘴盯著那台高級汽車看，爸爸看到媽媽那樣便滿臉不高興地指著那台車罵，至於罵的理由說是那台車沒停好，然而在我看來，那台車還沒到亂停的程度。

爸爸這樣子罵，使得旁人都看向爸爸的車，媽媽因此感到尷尬又丟臉，於是也發脾氣叫爸爸閉嘴。但爸爸還是繼續對著那台高級汽車破口大罵著「那台車好得令人發火吧？在我們國家只有少數幾台的進口車，卻連停個車都不會。」

媽媽上車後用力地關車門來故意氣爸爸，從那次後他們只要想到這件事就會吵架吵得沒完沒了那時我便下定決心，等我開始賺錢了，我要送爸爸一台最酷最貴的進口車作為禮物。

「錢要讓如真上英文課！我們沒錢！」媽媽斬釘截鐵地說。

「那英文補習班的課要停嗎？」我問完就把吐司全塞進嘴裡。

「補習班的課為什麼要停？兩邊是不一樣的！」

我聽到媽媽的回答，剛吞下的吐司突然卡住，就算喝水還是吞不下，敲打胸口也還是卡著。再想到滿滿的行程表上，又硬被塞了英文家教，這樣一來我連喘息的時間都沒了，想著肚子開始漸漸悶痛了。

因為在家吃吐司時卡住了幾次，到了補習班後我的肚子一直不太舒服，後來越來越痛，痛得我冷汗直流就快要受不了了！像什麼尖銳的東西刺著我的肚子，後來終於忍不住了我便跑到廁所。

嘩啦！吐司全被我吐了出來，雖然嘔吐讓喉嚨很痛，還有點呼吸困難，但是我的內心感到一陣舒爽痛快。

補習班老師打電話給媽媽，但她卻沒接，於是我和老師說奶奶的手機號碼，奶奶便馬上跑來接我，攙扶著我搭計程車回家。

「唉呀，妳媽要去那什麼媽媽的情報聚會前，也該先關心自己的孩子有沒有不舒服吧？也不看看把妳折磨成都要沒命了啊！」奶奶一搭上計程車就開始說個不停，連已經到家了都沒停，不知道是不是因為媽媽不在，沒人會在奶奶講到一半時又來打斷她，所以她就很放心地盡情說個不停。

「今天什麼事都別做。」奶奶邊說邊把買來的藥放進我嘴裡。

我一吃下奶奶給的藥肚子痛就好了，但接下來我卻開始發燒，因為我記得媽媽梳妝台抽屜裡的藥箱裡好像有退燒藥，所以我進到爸媽的房間，打開媽媽梳妝台的抽屜，找到了退燒藥。

我關上抽屜楞楞地望著梳妝台上的東西，化妝品非常少而且全是在電視購物買一送一時買的。我心想爸爸升遷後如果薪水提高的話，真希望不用請英文家教，省下來的錢能讓爸爸換一台新車、讓媽媽買高級的化妝品，如果心想事成的話，全家都開心啊！

我的目光停在乳液瓶後方，那裡放了一只鑲著一顆大珍珠的戒指，那只戒指是上個月媽媽生日時，爸爸送的生日禮物。

那天當媽媽收到爸爸送的戒指時，她反而非常地生氣，她生氣地質問爸爸怎麼買這麼貴的東西？為什麼不先問過她？買什麼戒指還不如直接給她錢就好之類的。

剛開始爸爸試著要解釋，但媽媽完全不給他開口說話的機會，後來媽媽大吼大叫得累了，終於停下

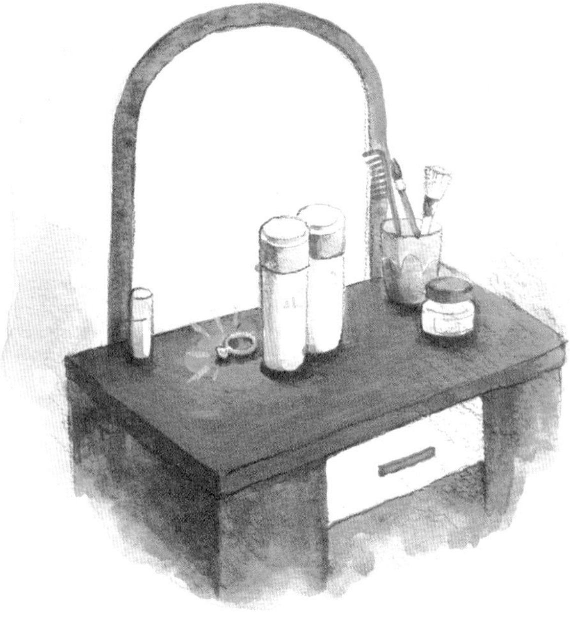

來時爸爸這才開口說原委。

「老婆，那戒指是假貨！本來要兩萬韓圓，被我砍價到一萬五千韓圓才買的！我的零用錢那麼少，我哪有錢去買真的珍珠戒指？」

爸爸解釋完後媽媽又生氣地大罵，問他怎麼不早點告訴她？還說了「你在耍人嗎？」，因此我永遠忘不了爸爸那不知所措的表情。

我一邊回想著那段爸媽因為戒指爭吵的事，一邊拿起戒指戴在中指上，沒想到剛剛好。就在這時玄關傳來了聲響，我急忙地想摘下戒指，但可能一時太慌張，戒指竟摘不下來，於是我只好戴著戒指，拿起退燒藥離開爸媽的房間。

「妳哪裡不舒服？」媽媽摸摸我的額頭問，看來是奶奶打電話和媽媽說了。

「可能她在吃吐司時，妳一直在講一大堆有的沒的事，所以才噎住了！今天不要再讓她讀書或那些有的沒的了！今天我可不會坐視不管。」奶奶堅決地說。

「媽，孩子都不舒服了，我還會那樣嗎？」媽媽把手放在我額頭上好長一段時間。

「吃完退燒藥後早點睡吧。」媽媽的眼神看起來真的很擔心。

我一走進房間，感到非常地冷，即便已經開暖氣，我的腳還是冷冰冰的，背後也感覺陣陣涼意。剛吃過退燒藥的我，猶豫該躺在哪裡，因為今天全身痠痛，好像不太適合睡地上，所以我決定爬回床鋪。

躺了一段時間，我猜身體應該已經退燒了，沒那麼不舒服的我把蒙著頭的棉被拉開，然後緊緊地閉著雙眼想再次睡著。

嘟嚕嚕嘟嚕嚕。

就在我即將再次入睡那刻，我耳邊突然湧入機械運轉的聲音，被嚇到的我猛然睜開眼，緊張地抓住床鋪邊，接著果然如我心裡所預料的那樣，床開始晃動了起來。

「啊啊啊。」我使盡全力地掙扎想爬起來，但是一點幫助也沒有。

勉強對抗了一段時間後，瘋狂搖動的床終於停了，我迅速雙腳一蹬跳下床，感覺才過三、五分鐘，但我全身都被汗水浸濕了。

「奶，奶奶。」我抓著枕頭一邊喊奶奶，一邊逃出房間。

客廳裡黑壓壓一片。

「奶奶。」我邊輕喊著邊打開奶奶的房門。

「呼嚕……呼……嚕……呼」整個房間裡充斥著奶奶打呼的聲音。

我悄悄地走進奶奶的房間，然後在她身邊躺下來，當我感受到身旁有奶奶溫暖的氣息，原本緊張害怕而怦怦狂跳的心臟也漸漸地緩和，睡意也再次籠罩上來。

「呃啊啊啊啊啊！」

就在我快要睡著的那一刻。

「呃呃啊啊！」在一陣嘈雜的叫喊聲中，我瞬間睜開眼睛。

「誰啊？」就在叫喊同時電燈也開了，房間一亮就一清二楚了。

「咦，如真嗎？」奶奶手上緊抓著掃把站在那裡。

「奶奶為什麼要大吼大叫的啊？嚇我一跳！」我縮在床鋪上。

「嚇一跳的人是我吧？妳怎麼在這裡啊？唉呦喂，我的心臟啊！從妳爺爺過世後這十一年來我都一個人在這房間睡覺，所以我還以為是什麼靈異事件！妳真的要把我給嚇死啦！不過話說回來，妳怎麼在這裡呀？」奶奶拍拍胸口緩口氣，並在我身邊坐下來。

「我老是聽見奇怪的聲音，我好害怕。」我繼續縮在床上。

「唉呀，妳怎麼變得這麼虛弱？我一直叫妳媽要適可而止，結果她還是把妳折磨得不成人樣了啊！再怎麼用功也要給孩子喘口氣的時間吧？哎呀，妳過來奶奶這裡，來！」

我一靠近奶奶，她便緊緊抱住我，奶奶的懷抱是如此地溫暖。

「如真啊。」

「嗯？」

「累的話就說出來！不管撒嬌、耍賴、發牢騷都行，感覺累了就要說出來。」奶奶一邊說一邊撫摸著我的背。

戒指小偷

「哇，好漂亮的戒指啊。」我才剛走進教室，皓庭就一把抓住我的手猛看，我這才發現自己戴著戒指來上學。

「這看起來就很貴，多少錢啊？」

「嗯？嗯，就……那個……。」我支支吾吾說不上來。

「這麼漂亮的珍珠應該超過一百萬韓圓吧？這完全是我喜歡的風格！可以借我戴看看嗎？」我二話不說摘下戒指給皓庭。

「我等下就還妳。」皓庭看著自己戴了戒指的手，一下子伸手遠看、一下子拉近手細看，不停重複看的她，一臉滿足。

就在第一節課開始時，盈序安靜地舉起了手，並說「就快要考試了，我想了幾個能夠提高成績的方法！身為班長，這好像是我應該要做的事。」接著她拿著隨身碟，走到講台前。

「我把檔案存在這了，老師您看一下，如果覺得合適再實行。」

「什麼啊？」皓庭一臉不開心地盯著盈序看。

老師立刻打開電腦，並迅速插上隨身硬碟，邊看邊說「距離期中考只剩一週，如果扣掉六、日的話，嚴格來說只剩五天！先將同學分成五個學習小組，每天早自習都由一組來負責出預測考題，並讓全班一起解題。哇！這真是不錯的點子呢！這樣大家就可以一起專心準備考試了，而且也不只考試期間才這樣做，除了讀書也還有任何的班級事務也都用這方法去執行，這想法真的很棒！」老師不停稱讚盈序提出的點子。

「是的，我也想過如果各項班級事務也用這方法去執行，應該很不錯！這次從準備期中考開始嘗試，效果好的話，未來也再繼續用這方法。分組出題是因為大家幾乎各自在不同的補習班，所以每個組別都能收集到不同補習班的模擬考題，只要各組分析整理出認為重要的題目讓大家練習就行了。」盈序沉著地說著想法，通常只要被老師稱讚都會感到很興奮，然而在她身上卻看不到那樣的情緒。

「明明就沒補習也沒請家教，還在那裝很懂的樣子。」皓庭擺出了噁心想吐的表情。

「因為一共五組，所以其中三組會有五個人、兩組會是四個人，大家就照這樣分組就可以了！看到你們主動提出這種好點子，老師真的好開心！我的活力都來了，大家馬上來排隊換座位吧！」老師的眼裡閃爍著光芒。

老師接著大家排座位，皓庭和盈序分到同組，那組還有胡載。

我看表情扭曲成一團的皓庭，就像是吃到什麼難吃東西的表情。

我和先里被分在同組，還有韓東美、閔仲以也在我們這組。

「老師，我們期中考後就能回原本的位子吧？」皓庭僵硬的表情上寫滿了不高興。

皓庭每節下課就會跑來我的位子，去廁所時也會找我跟她一起去，到了午餐時間她還會搬椅子過來我旁邊一起吃飯。

「自從和盈序同組後，我發現我們真的對她一點都不了解。」

「怎麼說？」

「我們以前不是以為盈序就只讀書不太說話嗎？然而現在卻發

現並不是如此，她根本超會講，而且講起來還像個大人似的，聽到有夠倒胃口，看了就討厭！都是因為她讓我一口氣卡著連飯都讓我吃不下，就算勉強硬吞也消化不良！唉，我這好痛！」皓庭用拿筷子的手，在肚子上來回按了按。

我這組下週一要負責出預測考題。

「你們這組就由如真來做組長。」老師邊分配邊說。

我這組有個一百年過去才勉強開口說幾句的韓東美，以及至始至終趴在桌上的江先里，還有個嘴邊掛著「我辦不到」的閔仲以。

和這三個人同組是要我怎麼做？不過話說回來，我倒是想要趁機好好彌補江先里，因為我而被大家誣陷成小偷的她，雖然有她媽媽和校長還有老師的釐清，江先里看起來似乎已洗去冤名，但其實還有許多同學私下依然懷疑著小偷絕對是江先里，我猜現在除非我站出來宣告那筆錢是我偷的，不然一定永遠沒人相信她了。

「東美請妳負責選出十題國語、仲以請負責社會十題、先里請負責英文十題，而我也會選出科學和數學十題。」雖然我的話是這麼說，但我心裡已經預備好要連江先里的那份一起承擔。

我才剛講完，東美立即搖頭，我趕緊接著問「如果妳不想要國語，那換成數學？」她還是搖頭，我只好再問要不要換成科學但她還是搖頭，僵持沉默一陣子後，「我不想寫！」東美一副嫌麻煩的表情，吐出這幾個字給我。

「辦不到。」閔仲以說出他的名言。

「你也不補習的嗎？」

「我有補習。」

「所以呢？」

「反正我就是辦不到。」

我嘆口氣懶得再說了，反正我就算說到嘴巴裂開也改變不了他們，於是我決定靠自己完成，但我心裡埋怨著盈序，真不懂她沒事亂出什麼主意讓人活受罪。

皓庭在下課時捂著肚子跑來，急忙丟下一句「如真，我有緊急狀況，妳快帶衛生紙來廁所支援我！」話才說完，就像子彈飛出去了。

我拿著衛生紙走到廁所，並等著皓庭解除緊急任務。

「都是壓力太大才會這樣啦！我從小到大不管吃什麼都沒拉過肚子，這可是我出生十三年來第一次拉肚子！妳說我和盈序分在一組，我能心平氣和嗎？唉，拉肚子拉得我渾身無力。」

肩膀下垂洗著手的皓庭，看起來毫無活力。

皓庭洗手時，手上的戒指差點滑落，於是她乾脆把戒指順手就放

洗手台上，等她把手洗乾淨一轉身她就甩著手走了。

我趕忙拿起被皓庭遺落在洗手台的戒指並戴在手上，走出廁所後我突然有一股想捉弄皓庭的衝動，於是我把戒指摘下來並放進口袋，同時在心裡出一題測驗給自己猜。

皓庭何時才會想起戒指的事呢？一、進到教室後；二、接近放學時；三、隔天早上；四、徹底忘得一乾二淨。

根據我對皓庭的了解，我認為選項三的機率最大，不過從她之前忘記把錢放在口袋的事看來，她也很有可能已經徹底忘光了。

結果我猜錯了。

「戒指不見了！」第六節一上課，教室便傳來皓庭驚訝的叫聲。

老師猛然地抬起頭『怎麼了？』老師用眼神表達疑惑。

「妳怎麼一天到晚弄丟東西啊？」胡載不耐煩地咂了咂舌。

「天啊，怎麼辦！」皓庭雙手抱著頭，一副不知所措的樣子。

「那種文具店就買得到的戒指，不見就不見啦！有什麼好大驚小怪？如果真的找不到的話，大不了我買一個給你呀！」

「那才不是文具店賣的那種戒指！那可是如真的爸爸送給如真媽媽的生日禮物。」皓庭話才一說完，同學的目光全部看向我。

「如真媽媽的戒指，為什麼會在妳身上？」胡載睜圓著雙眼問。

我吞了吞口水準備舉手發言，正當我要開口說戒指在我這邊的瞬間，緊抓著口袋裡戒指那隻手還來不及舉起來。

「老師！」皓庭突然站起來喊著「下課時我去洗手，記得我只有在用手帕擦手時才把戒指摘下來！我把它放在這裡，而它竟然憑空消失了！前後沒多少時間啊！」皓庭指著我和盈序座位的中間。

同學的視線同時全轉到盈序身上，那瞬間她露出了慌張的神情。

「是怎麼樣啊？皓庭妳是在懷疑盈序囉？」胡載瞇起眼問。

眼看盈序的表情已經皺成了一團。

「沒證據就別亂說！上次江先里的事大家忘啦？不能讓同樣的事再發生，萬一下次換盈序的媽媽衝來的話怎麼辦？」胡載嘮叨地說。

「我只說戒指放在這就不見了。」皓庭用力地咬著嘴唇。

盈序用纖細且顫抖的聲音斬釘截鐵地說「我沒拿！」從她臉上可以看出一絲絲緊張，現在這狀況一不小心就會被指控成小偷。

我看到盈序慌張的模樣，內心感到一陣莫名奇妙的喜悅，因此我原本緊抓著戒指的手漸漸地越放越鬆。

雖然我上次三萬六千韓圓的計畫失敗了，不過看來這次指控盈序是小偷的絕佳機會來了，一想到這裡我的心臟開始加速跳了起來，我按著劇烈跳動的胸口，咬緊牙根思索著下一步，在我的內心深處彷彿有人正對我低語「不會再有這樣的好機會了。」我低沉回應了那聲音「是啊，不能再錯過了。」

「誰知道皓庭說的那個戒指在哪裡？有人看到嗎？」老師正向全

班問著，同時江先里改從趴著轉為坐直。

「你怎麼都在這時機點爬起來？錢不見那次也是這樣！江先里，現在這跟妳沒關係不是嗎？妳明明也沒看過戒指，起來做什麼啊？趴回去！」胡載嘖嘖地咂著舌，一邊無奈地看著她。

江先里一聽完胡載的話，嚇得迅速趴回桌上。

「會不會戒指掉地上被誰撿了，然後那個人無心地先把它放進口袋，結果自己也忘了？現在大家都把手放口袋裡看看吧。」老師一說完，同學立刻把手伸進口袋，甚至還有人把口袋整個翻出來。

「都沒有？沒關係！如果有人發現戒指，記得再交給老師。」

「哎呀，老師！您就搜書包吧！」皓庭又再次提議要搜書包，而且皓庭一邊說一邊瞪著盈序。

皓庭和盈序就這樣眼睛都沒眨一下地瞪著對方，僵持一段時間後，盈序突然抓起自己的書包放桌上，她不帶一點遲疑地將書包倒過來，筆記本、鉛筆盒全撒了一地，她甚至用力抖著、拍著書包。

教室裡此時寂靜無聲只剩灰塵漫天飛起，還有皓庭的表情看起來

很失望。

「這樣子妳還不相信嗎？」盈序說完又把衣服的小口袋也全部掀開來。

同時「是校長。」有人低聲地說。

大家同時看向門的方向，校長正把臉貼在窗戶上盯著看。

「啊，戒指到底跑到哪去了啊？」

皓庭才不管校長有沒有在看，她自顧自地哀聲抱怨著。

「這一班到底又發生什麼事了啊？」窗戶吱吱嘎嘎地被校長推開。

「沒，沒有什麼事。」老師回答。

「有發現戒指的人，請記得交給老師！在教室裡不見的東西，老師相信一定可以在這裡找回來。」老師環顧著教室說著。

「把書包倒過來，還把口袋掀給別人看，又說什麼戒指有的沒的，我好擔心這一班啊！總覺得又發生了什麼，這一班怎麼每天都在製造一些奇怪的狀況。」校長喃喃自語著緩緩踱步著走遠了。

盈序的理由

我很想告訴皓庭這戒指是假的，但是目前事態變得越來越嚴重，讓我更沒勇氣開口了，現在這情況如果讓她知道戒指是假的之後，她一定百分之百大爆炸，再非常生氣地罵我為什麼不早點說。

「那應該不是昂貴的戒指，我猜如果很昂貴，我媽媽會收進珠寶盒，但我媽媽是把它放在化妝台。」這是我唯一能安慰皓庭的話。

「既然是生日禮物，那肯定是很昂貴的！啊，不管用什麼方法，

都要把它找出來！我一定會找到的！」皓庭愧疚地說。

下課鐘聲響起，老師才一走出教室，皓庭便衝到教室前面。

「這次的戒指失竊事件，是和上次錢的事完全無法相提並論的！戒指也不像錢那樣，我們的班導還能幫忙代墊，所以我不管怎樣都要找到！我打算好好利用我們的群組聊天室，如果大家集思廣益的話，一定可以想出好點子！像今天這狀況，也可以聽聽其他同學的意見，看看大家覺得是誰把戒指拿走的？如果到最後我還是找不到戒指，可能就得離家出走了也說不定。」皓庭握緊拳頭說。

皓庭咬牙切齒接著說。「我媽生氣可是很可怕的！所以與其被她罵還不如瞞著她離家出走！可是你們想想看也才十三歲的我，這年紀還很難靠自己賺錢獨立生活呀！因為離家出走很辛苦，所以為了不用離家流浪，我就算拼了命也要找出偷走戒指的小偷！」

「之前大家懷疑江先里的那種事也不會再發生了！我們一定會找出證據的！」皓庭一邊說一邊斜眼瞄了瞄盈序。

書包也搜了、口袋也都掀開來看過了，即便已經做到如此地步，皓庭卻依然懷疑著盈序就是拿走戒指的人。我看著皓庭這副模樣，內心那個聲音又對著我低語「全都在我的掌握中，一切都很順利。」

我呆坐在補習班腦中忙著想東想西，英文老師的聲音如同塵埃在空中揚起，飄盪著在聽進耳朵前就散去，沒有任何一句進到耳裡。

補習班下課後，我猶豫著要不要拿出手機來看，因為我不敢點進聊天室，我猜盈序肯定也會和之前的江先里一樣，被大家攻擊得體無完膚，雖然那是我所期望的，但我卻沒勇氣看到她變成那樣。

回家路上，我不停摸著口袋裡的戒指，心裡另一個聲音溫柔問著「太過份了嗎？」突然一股後悔的情緒襲來「不。」我用力地搖頭。

「但是大家都誤會戒指非常地昂貴，會不會害盈序被指控成偷走非常昂貴戒指的小偷？」想到這邊我又後悔了起來，但又接著想到「為什麼要把戒指隨便放在洗手台上？」我另一邊又埋怨起了皓庭。

到家一打開門的瞬間，眼前的畫面讓我嚇得差點跌坐在地。我趕緊用手背揉了揉眼睛，確定我真的沒看錯，那個安靜地坐在我家沙發上的女孩確實就是盈序。

「如真回來啦？盈序來我們家，我剛好也正要打電話給妳呢。」

媽媽端著削好的蘋果從廚房裡走出來。

「能見到盈序本人真是太好了！我一直很想見妳一面，聽說妳從以前到現在的每次考試都是全部科目一百分，對不對？妳都是怎麼讀書的啊？」媽媽一邊自顧自的說著，一邊拿起蘋果遞給盈序。

「我都自己在家讀書。」盈序一邊接過媽媽給的蘋果一邊回答。

「天啊！妳自己讀書就讀得這麼好啊？妳都沒偷偷去上什麼私人家教課嗎？」媽媽投出了懷疑的眼神。

盈序用力地搖了搖頭。

剛才回家路上我萌發的後悔，立刻被「跩什麼跩……」的想法蓋過去，後悔像株嫩芽瞬間被嫉妒大火燒得連根都不留。

不過盈序為什麼會來我們家呢？該不會是因為戒指吧？我一想到戒指的腦子瞬間清醒了過來，我猛然地伸手抓住她的手臂，結果用力過猛，不小心讓她手上拿著的蘋果掉到地上。

「如真妳怎麼了？盈序要被抓傷了！」媽媽驚訝地問。

「我，我想帶她去我房間玩。」我抓著盈序的手不自覺的更用力了。

「放開我！我來妳家是因為有話要跟妳媽媽說。」盈序甩開了我的手。

「有話要跟我說？」媽媽瞪大了眼睛。

「如真媽媽，我沒有偷走如真帶到學校的戒指！我甚至連看都沒看過，更不要說偷了。」盈序一說完，我感覺頭像被重擊了一拳，我的身體也像失去重心開始搖來晃去，我沒想過事情會變得如此一發不

可收拾。

「戒指？如真有戴什麼戒指嗎？」媽媽一臉困惑。

「沒，沒，沒什麼，媽媽。」我想趕緊岔開媽媽和盈序的話題。

「聽說那個戒指是如真爸爸送給您的生日禮物，那個戒指今天在學校遺失了，您還不知道這件事情嗎？」盈序繼續著這個話題，我恨不得趕快堵住她的嘴。

「啊哈！生日禮物？那個戒指怎麼會在學校遺失？它在我的化妝台上啊。」媽媽走進房間過了一會兒才出來。

「戒指真的不見了！如真妳把它戴去學校了嗎？」媽媽問。

我全身僵硬到連一根手指都動不了也說不出話，我猜接下來盈序應該會問「戒指很貴嗎？」然後媽媽就會想也不想的回答她那個戒指才價值一萬五千韓圓。

「原來如此，如真妳把戒指弄丟了？」媽媽輕描淡寫地問。

「如真媽媽，戒指不是如真弄丟的！聽說是皓庭把戒指拿去戴，結果就不見了，可是我卻被大家懷疑是拿走戒指的人！現在群組聊天室裡有越來越多人懷疑我偷了戒指，所以我才會貿然地來拜訪您，想直接親自向您說明我沒偷戒指！」

「咦！是誰來啦？」這時外出的奶奶回到家了。

「看起來是我們如真的朋友啊！」奶奶本來正要對盈序露出燦爛的笑容，卻突然停住了。奶奶似乎察覺到氣氛怪怪的，推測出此時不是個可以說歡迎來玩的時機。

「被大家懷疑的話，一定很生氣又冤枉！我會叫如真去群組聊天室裡說戒指不是妳拿的。」媽媽用一副沒什麼大不了的表情說。

「謝謝您！但是遺失的戒指要怎麼辦呢？」盈序還是擔心的說著。

「找得回來的話當然是最好，但如果找不到也沒別的辦法。」

「可是那戒指不是您生日時收到的禮物嗎？」

「啊，你們在說如真她爸送給如真她媽那個戒指不見啦？唉呀，雖然那個戒指只值一萬五千韓圓，但好歹也是生日禮物，怎麼可以隨便就弄丟啦？真是的！怎麼這樣子保管禮物？」奶奶說出一萬五千韓圓的那一刻，我的心重重地沉了下去。

「一萬五千韓圓？」盈序疑惑地來回看著我和媽媽的臉。

「是啊，原本說要賣兩萬韓圓的，但如真她爸殺價殺到一萬五千韓圓！唉，不管怎麼說那也還是個禮物啊！唉呀，弄不見真浪費！」奶奶咂著舌可惜地說。

「所以那個戒指只值一萬五千韓圓囉？」盈序的表情變得明亮起來，接著她看向了我，我迅速地撇開臉迴避了她的目光，我的內心忐忑不安，擔心她把在學校發生的一切都說出來的話該怎麼辦，到時候我該怎麼跟媽媽解釋才好。

到了晚餐時間，媽媽想留盈序吃完晚飯再離開，奶奶也在一旁幫腔說當然要吃完飯再走。

「不用了，我必須回家才行，家裡的飯菜是我要準備的。」

「妳準備飯菜？」媽媽和奶奶同時露出了驚訝的表情，媽媽的表情似乎在說「連讀書的時間都不夠了，還要準備飯菜？」而奶奶的驚訝眼神看來，應該是在想「這個世上竟然還有不為孩子的學習而拼命的媽媽？」而感到不可思議。

「對！因為我媽媽生病了。」盈序到玄關向媽媽和奶奶說聲再見後自己開了門準備回家，突然她回頭看向我們說「好險那個遺失的戒指沒有很昂貴。」盈序說著說著嘴角露出了微笑。

我跟著盈序走到外面。

「怎麼了？我知道怎麼回家。」盈序站在斑馬線前回頭和我說。

「我，我有事情想問妳……」我緊握著自己雙手然後吞了吞口水。

「妳為什麼沒告訴我媽媽說同學都以為那個戒指很昂貴？」事實上當時我一方面很擔心盈序萬一說出來的話該怎麼辦，同時另一方面又很好奇她為什麼沒有說出來呢？

「因為我感覺到如果說了，好像會給妳帶來麻煩。」綠燈了盈序便跑了起來，我也跟著她一起跑。

「怎麼了？」盈序再次回頭看我。

「那，那妳會跟同學們說妳來過我家的事嗎？」

「如真妳現在應該相信我和戒指是沒有任何關係的吧？」盈序直勾勾地看著我的眼睛問，我因為羞愧而低下了頭。

「嗯……」我小聲地回答。

「那妳幫我洗去冤名吧！我一定要為自己擺脫罪名才行！我再說一次，我並沒有想要造成妳的麻煩和困擾。」盈序沈穩且清晰地說完，便開始快步走了起來。

我也加快腳步跟著走在盈序的身後。

「妳為什麼跟著我啊？」走進一條窄巷時，盈序轉頭問我。

「那，那，那個……」我一時無法立即地回答。

「妳是想知道妳需要做些什麼才能幫我洗清冤名嗎？」盈序問。

不知道盈序為什麼能讀懂我心裡的想法？希望她不會看出目前的我其實沒勇氣為了幫她洗去冤名，而勇敢說出戒指在我這的事。

「我也不是很清楚該怎麼做，不過妳和皓庭這麼好，也許妳可以再跟她仔細地釐清戒指遺失當天的過程？」說完後盈序便轉身。

雪球怎麼越滾越大了？到底這事情從何時開始糾纏成一團亂的？現在就算我再去跟皓庭仔細釐清一次，事情應該也不會有任何的改變，除非是我坦誠地說出自己把戒指從洗手台上收進口袋的事實，一切才會迎刃而解，但我沒有勇氣那樣做。

正當我要繼續跟上盈序時，她突然問「來我家坐坐再走嗎？」

我回頭看盈序用下巴指的方向，那裡是破舊房屋的地下室。

「這裡是我家。」聽到盈序說這句話的瞬間，我感覺好像得知了一個她不為人知的天大秘密。

我不動聲色地把身體轉了個方向，因為我無法直視那破損不堪的狹窄樓梯，還有油漆和水泥都已經剝落到看見內部磚頭的牆壁。

「妳都跟到這裡了，乾脆進來玩一下再走吧！」盈序突然拉起我的手，倉皇之下我便進到了她家。

盈序的家很窄小，客廳看來同時也是廚房，連接旁邊還有兩個小房間，盈序的媽媽正在其中一間房間裡躺著，我不知道盈序媽媽是生了什麼病？她臉上的顴骨看起來特別地突出而且臉色異常地暗沈，但她見到我還是撐起身體說著「我們家盈序帶朋友回來啦？真好啊，一起吃過晚飯再走吧。」接著她以瘦骨嶙峋的手握住了我的手。

因此我吃了盈序煮的晚飯，一邊吃著我一邊還是不敢相信眼前的一切，我無法相信這破舊不堪的房子裡竟然住著每科都考一百分的盈序，而且我此刻竟然還和平時不怎麼要好的盈序面對面坐在一起，還吃著她煮的飯菜，這一切簡直像夢境一樣。

我邊夾起黃豆邊偷瞄盈序，她透過嘴形無聲地問「怎麼了」。

「只是……覺得妳有點奇怪。」我像自言自語似地小聲說著。

「怎樣怪？啊，妳是指六年級才選班長嗎？」盈序揚起笑容。

我其實是因為盈序和我想像中的完全不一樣，所以才說她很奇

怪，不過我的確也非常好奇她會出來選班長的事。

「妳到五年級之前都很安靜低調，一直以來也都不怎麼說話。」

「對啊。」

「那妳為什麼突然變得不一樣了？」

「就像如真所說的那樣，我從國小一年級入學第一天開始，一直到五年級為止，我在學校裡說過的話全部加起來，應該不到一百句。老實說我常覺得很丟臉，家裡很窮讓我很丟臉，我媽媽因為生病，每天只能躺在房間的事，也讓我很丟臉，因為家裡的狀況讓我既不能去補習、也不能請家教。所以我也不敢交朋友，朋友之間不是都會分享家裡的事嗎？也一定會討論補習或家教課上了些什麼，我因此一直都保持沈默。」盈序在說的過程中，幾度用力地咬了下嘴唇，我目不轉睛地盯著她的嘴唇看。

「然而我媽媽是真的病得很重，說不定過不了多久就離開這個世界。」盈序說完舔了舔乾燥的嘴唇，我的目光趕緊從她的嘴唇移開，我很想說點什麼，但又不知該說什麼才好。

「可是有一天，我媽媽跟我講了狗吃大便的故事，講完後她還告訴我，她的心願是在去世前能看到我變得勇敢堅強。」

唰嘩！我聽見我的胸口傳來了海浪的聲音。

「我想讓媽媽看到我當班長的樣子，我認為站出來選班長，就是一種勇敢堅強的樣子呀。」盈序停頓了朝她媽媽的房間瞥了一眼。

「然而當我真的當選班長後，我卻不知道該怎麼做？但我很想努力做給媽媽看，讓她知道我是很棒的班長！所以我立下幾個目標，並計畫一個一個去實踐，譬如我很希望讓江先里不要總是趴著，能起來和大家一起上課。因為以前我都不和他人交談，總是獨來獨往時，雖然也有過好幾次想融入其他同學的念頭，但當時的我卻鼓不起勇氣，就像江先里偶爾不是也會抬頭嗎？我認為那是她也想要融入大家的表現，因此我一定會讓她可以順利融入同學的。」

我和盈序聊了很久，她也講了從她媽媽那裡聽來的狗吃大便的故事。最後在我要回家前，盈序對我說「如真啊，可以等妳準備好，再慢慢跟皓庭說也沒關係！我相信妳，我願意等妳。」

狗吃大便的故事

當我回到家時，家裡一個人也沒有，我看到廚房裡有料理到一半的痕跡，泡菜桶的蓋子被放在洗手台上，盤子裡還裝著幾塊泡菜，湯匙和筷子淩亂地散落在餐桌上。

「啊？是發生了什麼事情嗎？」我拿出手機看了一下，竟然有四通媽媽的未接來電，還有奶奶也打了電話給我，因為我的手機是靜音模式，所以根本沒注意到電話。

我點開訊息一看「爸爸生病了，我去一趟醫院。」爸爸怎麼了？我的大腦瞬間一片漆黑，一股莫名的恐懼朝我襲來。

我撥通了媽媽的電話號碼，但響了非常久都沒人接，奶奶的電話也是一樣，我內心的不安變得越來越強烈。

「怎麼辦啊。」我蜷縮著蹲坐在地，並把臉埋進膝蓋裡，那些不好的念頭不停地湧上心頭。

滴哩哩哩，電話響了，我這才回過神來，是媽媽打來的。

「爸爸呢？」我的心臟緊繃得就像要炸開來似地。

「現在好很多了，沒事了。」媽媽的聲音聽起來有氣無力的。

「爸爸在哪？我也要過去。」

「不用了！時間太晚了，而且現在過來也見不到爸爸，妳就待在家裡吧。」媽媽匆匆掛斷電話，但媽媽愈是叫我不要去，我就愈感到害怕，於是我接著打給奶奶，然而奶奶也和媽媽說了一模一樣的話。

今晚好像特別漫長，我閉上眼告訴自己天很快就亮了，然而醒來一看時鐘是凌晨兩點鐘，我只好再次閉上眼，等再次醒過來時我心想應該天亮了吧？結果一看時鐘竟然才過了三十分鐘，我整晚就如此不斷地閉上眼再睜開眼，幾乎徹夜未眠。

當窗外的天色逐漸明亮時，我短暫地進入了夢鄉，爸爸出現在我的夢裡，他穿著鞋頭掀起的老舊皮鞋，正從玄關走出門。平日爸爸停在車庫的車卻停在家門口，而且看起來更小台了，簡直是小人國居民開的車，當我還在疑惑時，突然間爸爸的身體開始縮小，變成和指甲長度一樣的爸爸就這樣上車了。

哐！爸爸一關車門，電梯門便打開了，他竟然開車進了電梯，我跑到陽台不停地張望，看到爸爸的車就像掃地機器人一樣旋轉著來到外面，恰巧這時路人經過並發現了爸爸的車，就直接一彎腰順手撿起來，頭也不回地走掉了。

「爸爸，爸爸。」我一邊呼喊著一邊急忙跑出去。

我慌張不安地衝下樓，心裡好怕永遠都見不到爸爸了，便加速在樓梯上邊跑著邊大叫著「爸爸！」跑著跑著卻失去平衡滾下來。

「呃啊啊啊！」我不停地尖叫並掙扎、揮舞著雙手，試圖想抓住些什麼，猛然地我坐起身來，正疑惑現在這是哪？直到看見熟悉的床鋪和書桌後，才確定我是在做夢。

「呼。」我的全身都被汗水浸溼了，好險只是一場夢。但我趕快撥電話給媽媽，她的聲音聽起來比昨天開朗許多，媽媽叫我放學後直接搭計程車到盛春醫院找七零三號病房。

「妳有進去群組聊天室看過了嗎？」一進教室皓庭便馬上問我。

「所有人都認為是盈序拿走了戒指。」看起來皓庭的心情非常地好，她把大家如何在聊天室裡抨擊盈序的各種細節全都告訴我。

我一邊聽皓庭說著一邊瞄盈序，她依然和平時一樣坐在位子上讀書，我看著她堅強的模樣感到十分內疚，我想立刻到聊天室裡告訴大家那個戒指並不貴，而且根本不是她拿走的！但我還沒勇氣。

我觀察了盈序並沒有說出昨天的事，因此讓我覺得更對不起她了。

「我下次一定會鼓起勇氣說出來。」我望著盈序的背影喃喃自語。

放學後我匆忙搭計程車到醫院，我站在七零三號病房的門口，先深吸了一口氣再慢慢地打開房門。我看到爸爸雙眼緊閉，身上穿著天藍色的病人服，孤零零地躺在靠窗的病床上，他手上正在注射著點滴，病房裡沒看見媽媽和奶奶。

我躡手躡腳悄悄走近爸爸，他那長滿鬍子的下巴，今天看起來特別地尖銳，顴骨也顯得比以往突出，我緩慢地觀察著爸爸。啊！原來爸爸長這樣啊，記得他的嘴角本來沒皺紋，是什麼時候長出了這些皺紋的呢？還有爸爸的眼睛下也不知何時多出了許多的黑斑？

說不定有一天爸爸也會看著我的臉，心想著「我們如真的額頭什麼時候開始冒出了那麼多的青春痘啦？臉頰上還因為擠痘痘，都留下痘疤了呢！」沒想到爸爸每天忙著工作賺錢，而我每天忙著讀書學習，彼此已太久沒有好好地看看對方的臉。

「如真。」奶奶走了進來，她的眼睛很腫，看來哭非常久。

爸爸聽見奶奶的聲音後睜開了眼睛「如真來了啊？」他吃力地舉起手笑了笑，我趕緊握住了爸爸的手。

「醫生說這是因為過度勞累造成的，你啊，差點就出大事啦！我早就知道會這樣，人又不是機器，怎麼能一直工作都不休息，身體怎麼受得了啊？」奶奶說著說著又要流眼淚了，她趕緊用手指按了按早已腫脹的眼睛。

「哎呀！媽，我不累。」爸爸笑了笑，雖然他嘴上那麼說，但爸爸那蒼白的臉色，卻彷彿在誠實告訴大家，其實他真的非常累。

「人如此大量地工作，會累倒是理所當然的！人會感到累並沒有麼好羞恥的，也不需要刻意隱瞞！」奶奶瞪了一眼爸爸。

「媽媽呢？」我問。

「都快要晚餐時間了，但妳媽媽才剛去吃中餐！如真妳先陪一下爸爸吧！我去洗個毛巾。」奶奶拿著兩條毛巾走出了病房。

「妳一定被嚇壞了吧？」我緊緊握著爸爸的手，他的手是如此地消瘦，我甚至可以感覺到明顯的手指關節。

「嗯。」我一回答後眼淚便奔湧而出。

爸爸一直以來都馬不停蹄地工作賺錢，我不知道媽媽是不是每天也都對如此辛苦的爸爸說「再努力一點」或是「如真補習班要再多補一科，還得幫她請家教」之類的話呢？明明爸爸已經竭盡全力地工作，卻還一直不停嘗試著再更努力多一點。

「爸爸。」

「嗯。」

「我有一個叫做盈序的朋友。」

「是嗎？妳們很要好嗎？」

果汁

「現在還沒很好，但我想之後會更好！前陣子她跟我講了她媽媽講給她的故事，一個狗吃大便的故事，爸爸要聽嗎？」

「好啊！跟大便有關的故事一定很有趣，妳說給我聽吧。」

「據說在很久以前有一家人養了隻非常聰明的狗，牠甚至還會幫忙照顧小嬰兒。那家的女主人因為非常愛乾淨，所以她絕不容許狗在家大便，但她卻總是把狗綁在家中，狗每次大便了她就訓斥牠這樣很髒，可是那隻狗又能怎麼辦呢？由於每次大了便都會被女主人罵一頓，久而久之狗就把大便這個行為，看作是很糟糕、不好的事。但是排泄對於狗和人其實都是正常不過的事，沒想到後來那隻狗竟然變成每次大便後就直接把自己的大便吃下去，因此那隻狗再也沒被女主人

發現牠的大便，就這樣一直到牠過世。然而據說女主人根本不知道狗吃掉自己大便的事，還以為自己家的狗很聰明，已經被她教成愛一隻乾淨的狗，並且四處和村子裡的人們炫耀這件事。」

「真的啊？該說那隻狗聰明嗎？還是該說牠可憐呢？」爸爸問。

「盈序跟我說完故事時，她也問了和爸爸一樣的問題，我當下真的說不出來，現在也還在思考這個問題。盈序的媽媽也問了她相同的話，因為她也是答不出來，所以她的媽媽就告訴她，如果我們有想要說的話，最好不要憋在心裡，而是要努力把它說出來，雖然要說實話很困難，但還是要鼓起勇氣才行。就像那隻狗就算被罵，也還是繼續大便的話，女主人總有一天會了解狗也會大便是正常的事，但那隻狗卻選擇忍耐，甚至變成要把骯髒的大便吃掉，但就算如此忍耐，到最後也不會讓女主人發現她的觀念是錯誤的。」

「那爸爸也思考看看。」爸爸看著我的眼睛，堅定而有力地說。

「喔?老婆什麼時候來的啊？」爸爸望向門的方向，驚訝地說。

媽媽不知道是什麼時候來的，她靜靜地站在門前。

十三歲的老人們

五人小組的複習活動亂七八糟地結束了，沒料到每組分享的題目都大同小異，一整週我們班的早自習都在練習沒太多變化的題型，到後來甚至不用很專注地解題，也都知道答案。雖然在正式大考時，確實有出現分組複習時解過的題目，但只有少數幾題而已。

盈序依然是每科都拿一百分，我也和往常一樣錯了三題，我們班成為全六年級的最後一名。自從我們班拿了傳說中比全年級第一名還

難達成的全年級墊底後，校長每次一見到吳西絢老師，就會瞪著老師搖頭。除此之外，還對老師尖酸刻薄地說「考試期間我還特別留意了這一班，原本以為整體的學習氣氛不錯，結果孩子們根本沒讀書啊？那到底在做什麼？成績怎麼這副模樣？反正這一班就是有數不清的怪。」

胡載說他總覺得老師很快會被趕出學校，即便我告訴他非常多次，校長沒權力可以趕走老師，他仍然重複說著同樣的擔憂。

「如果事情變成那樣，大家都有責任。」胡載說老師拚命讀書想完成當老師的夢想，偏偏第一次帶學生就遇到我們這一班，陷入職涯困境。

仔細想想胡載說得沒錯，老師萬一被趕出學校，全班都有責任，因此胡載、先里、東美……，幾乎全班都在唉聲嘆氣。

我當然也避不開責任，都是因為我，江先里的媽媽才會找來學校，戒指事件也是因我而起，說不定我就是罪魁禍首。

「大家還是換個座位比較好。」盈序提議班上二十三個同學全部坐成一個圓，但同學們這次的反應和上次有很大的不同。

「盈序有資格指揮我們嗎？她可是偷戒指嫌疑人呢。」皓庭不滿地說。

「搞砸期中考的人也是盈序。」

「這不能怪到盈序的頭上吧？我們班本來就有人跟不上。」我沒意識到正在皓庭面前幫盈序說話，說完才發現不對勁。

「如真妳好奇怪！怎麼幫盈序說話？」皓庭皺著鼻子質問我。

「我哪有幫她說話，我們班真的就是那樣啊。」

「就是為了讓跟不上的人可以跟上，才要營造讀書氣氛啊！這不是班長的責任嗎？一直到五年級為止，我都是那樣做的。結果她一下要大家分組、一下又要大家出題目，給大家找一大堆麻煩，結果我們班還不是考最後一名？這當然是班長的錯啊！」皓庭強硬地說著，我看如果再幫盈序多說一句，就要和皓庭吵起來了，於是我閉嘴了。

「盈序的想法不錯，但再討論一下會比較好！大家如果坐成一個圓的話，可以看到彼此的臉，也會更親近，不過缺點是坐前面的人會看不到黑板。」老師這次也沒爽快地贊成盈序。

我多少猜到盈序想讓大家圍成一個圓的原因，她應該是想讓先里起來上課才這樣提議，如果圍坐成一個圓，先里就不好意思一直趴在桌上。

「那個部分之後再討論！我們班是不是考最後一名，都變得垂頭喪氣啊？」老師提高音量問。

「老師！我們才不會因為考最後一名就這樣的！老實說考最後一名也無所謂，但我們卻很替老師擔心。」胡載愁眉苦臉地說。

「替我擔心？擔心我什麼？」

「大家都在討論老師好像會被趕出學校！因為您從三月到現在，

沒一件事是做對的！您每天都被校長罵，我們班都被說成是奇怪的這一班了，現在又考了全年級墊底。老師難道看不出校長看您的眼神裡充滿了厭惡嗎？」

「呵呵，你們真會擔心啊！就算被趕出去了，那又怎樣？你們擔心我沒工作嗎？我可以去當海女或去賣血腸就好啦！還有成績本來就不是一夕間就能突然變好，必須要不停地努力，才會一點一點提升。所以老師不著急！好啦，我們出去晃一晃吧！你們看看外面的天氣，有沒有看到世界都因為陽光而顯得生氣蓬勃？你們難道不想出去曬曬太陽嗎？老師好想出去感受陽光啊。」老師興奮地說。

「雖然麻煩，但為了安慰老師，就一起晃一晃吧？」胡載問全班。

「雖然很麻煩，但也只能聽話照做啊。」

「我最討厭走路了。」

大家雖然不停抱怨，卻還是拖著沈重的身體站起來。

「哎呀，你們不過也才十三歲，怎麼一個個都像老人啊？一群十三歲的老人！」老師看著笑彎了腰。

剛走出教室，我們就在走廊上被校長逮個正著。

「上課時間不上課，又要去哪裡啊？」校長背著手打量著老師。

「我們要去外面晃一晃。」

明明就可以講成戶外教學或是體驗式學習這類的說法，為什麼老

師偏偏要如此毫不修飾地說出來？唉，我真是被老師給打敗了。

「出去晃一晃？你們都考全年級最後一名了，還有心情四處玩耍啊？我看你們好像很開心嘛。」校長酸言酸語地挖苦我們一頓後，看了一眼老師的額頭後就皺著眉頭轉身離去了。

老師說的是真的！戶外因為陽光而顯得生氣蓬勃，溫暖的光線照射在樹木和小草的身上，有光撒下的地方可以看見剛冒出頭的新芽、含苞待放的蓓蕾在閃閃發亮。

「你們看。」我蹲在一棵大樹下，看著明明四處都已感受到濃濃的春意了，唯獨樹下這塊小角落彷彿還沒送走冬季，其他小草已從淡淡的淺綠蛻變成青翠的深綠，而這裡才剛冒出一丁點小幼芽。

「好可憐喔。」皓庭來到我旁邊並蹲了下來。

「它該不會死了吧？」皓庭小心翼翼地用手指摸著小幼芽。

「什麼啊？什麼東西死掉？」胡載向我們奔來，他的身後還跟了幾個同學，剛好從我們旁邊經過的先里也停下腳步。

「別擔心！它不會死的。」老師走了過來。

「火熱的陽光像這樣灑在這片大地上，世界的每個角落都被陽光溫暖地照耀，它又怎麼會死呢？耐心等待它的話一定會堅強地長大，只不過稍微晚一點點罷了。」老師說完蹲下來，望著好不容易冒出頭來的小幼芽繼續說。

「好可惜喔！它為什麼要躲起來啊？當其他的小草都在長大時，它藏在地底下做什麼啊？」胡載問。

「越是耐心等待，成長越能茁壯！這小嫩芽以後可能會長得比旁邊這棵樹還高大也說不定！要等它長大了才知道，我們走吧。」老師比出一旁的大樹說。

「哦，老師！那邊樹蔭下也有剛冒出來的小幼芽。」胡載蹦蹦跳跳地就像隻獲得自由的小兔子。

「世上的生物只要耐心等待，都有成長的一天！所以不要刻意催促，只要相信並耐

心地等待。」老師說著也像個小孩一樣，雀躍地追在胡載的身後。

繞完公園後，大家準備回學校，這時老師在小吃店前停下來。

「孩子們，要不要吃個辣炒年糕再回學校呀？」同學們面面相覷，沒有馬上回答。但大家的眼神像是在說吃辣炒年糕當然好啊，剛好肚子也餓了，可是真的能吃嗎？其他班的人現在都在學校上課，只有我們出來吃辣炒年糕可以嗎？

「回去吧！不然被校長發現，又要被臭罵了。」胡載吞了吞口水說。

「對啊！我們趕快回教室吧。」大家異口同聲地附和著。

「哎呀，人本來就有權力吃想吃的東西。」老師自顧自說完便推開小吃店的門走了進去。

「老師為什麼要那樣啊？」胡載憂心忡忡地望著老師的背影。

「為什麼叫她不要做，她就越要做啊？」皓庭附和著說。

「喂，老師萬一被趕出學校的話，誰的損失最大？」胡載問。

「當然是老師她自己……不對！我們會變成害老師被趕出學校的壞學生，這樣我們的損失應該更大吧？」

「老師如果被趕了出去，我們班很有可能會被說成是一群奇怪又可疑的小孩，到時候所有的老師都不想要來當我們班的班導。」

「那我們趕快把老師拉出來。」胡載猛然地打開了小吃店的門，全班湧進了小吃店裡。

「快找位子坐下吧！這湯超好喝的。」老師開始喝起魚板湯。

「老師，我們趕快回學校吧。」胡載緊緊抓住老師的手臂。

「妳不要只是看啊！妳快去抓老師另一隻手臂啊。」看到先里猶豫不決地站在那裡，胡載用命令的口氣對她說。

先里倉皇抓住老師另一台手臂，就這樣老師被大家給拖了出來。

走進學校後遇到正在操場邊走邊撿著什麼東西的校長，當他看到吳西絢老師被孩子們拖著走進校園，馬上皺眉，看來校長的表情像在問又發生了什麼事？

「吳西絢老師！您是在幹什麼？」胡載和先里一聽到校長的聲音，就如同聽見雷劈似地嚇得趕緊放掉老師的手臂。

「本來打算要去吃辣炒年糕，結果被孩子們給抓了回來。」

「老師，您怎麼可以這樣回答？」胡載戳了老師的後背。

「真是了不起啊。」校長的眼神裡滿是無奈，老師這才發現自己說錯話，耳朵一下子變得通紅。

「不過，吳西絢老師。妳額頭上那些青春痘還什麼的，都流出黃色的膿液了，您怎麼就那樣放著不管啊？您之前不是在它化膿前就會去擠它嗎？您看看它，黃黃的膿都流出來了！哎呦喂，真是髒死了！」

整座操場安靜得只聽得見校長的嘆息聲。

「好像因為我動不動去抓它、擠它，它才會一直發炎，所以我打算耐心地等待它發炎後化膿流出來。反正它化膿後，自然就會流膿，傷口也很快就自己癒合，也不太會留疤。」老師用手背輕輕地揉一下額頭。

校長邊咂舌邊搖頭，他一直注視著我們，直到全班都回教室為止。

回家路上，我一直想著樹蔭下那些剛冒出頭來的新芽，還有老師額頭上那些化膿後自己流出來，不知道是青春痘還是粉刺的東西，想著想著心裡深處好像有什麼東西正蠢蠢欲動著。

「如真回來啦？妳回來得正好，媽媽有事想問妳。」一回到家，媽媽臉上就掛著燦爛的笑容迎接我。

媽媽拉著我的手坐到電視機前，電視上一個身材修長的男模特兒正穿著皮鞋走著台步。

「妳看那雙皮鞋好看嗎？妳覺得適合爸爸嗎？」媽媽邊問我邊目不轉睛地盯著看，媽媽應該是想買皮鞋給爸爸。

「這是買一送一嗎？」我一屁股坐到媽媽的身邊。

「妳真是……，妳以為媽媽只會買促銷的東西啊？那個牌子很有名，聽說今天第一次在購物頻道上開賣，這個牌子在百貨公司裡也有專櫃，雖然價格有點貴，但質感看

來很高級對不對？」

我看了一眼標價，那雙皮鞋非常昂貴，一點都不像會在購物頻道上出現的價格。

「要買嗎？」媽媽問我。

「買啊。」我欣然地回答。

「啊，對了！如真啊，妳之前常說聽到什麼奇怪的聲音，最近還有聽到嗎？」媽媽滿臉擔憂地問。

我猶豫了一下，然後緩緩地點了點頭。

「難道真的像奶奶說的那樣，是媽媽把妳折磨得太過份了嗎？妳很累嗎？」媽媽的表情很嚴肅，不過並不是之前那樣冰冷的表情。

「沒，沒，沒有啊。」我連忙擺動雙手，媽媽才剛因為爸爸住院而受到驚嚇，我無法在這種時候對媽媽說出我很累這句話。

「好吧……」媽媽微微地點了點頭。

「如真啊……」正當我要走進房間的時候，媽媽突然叫住了我。

「如果妳有任何想說的話就把它說出來，知道了嗎？」媽媽對著我的背影說。

奇怪的十三歲

媽媽送出皮鞋給爸爸的時候，我下定決心要鼓起勇氣。

首先我買了一個要送給先里的禮物，因為我而被所有人冤枉成小偷的她，讓我的心裡一直對她感到很愧疚。

「這是什麼？」先里拿著我遞給她的禮物，態度冷漠地問。

「禮物。」

「禮物？」先里的臉色頓時變得複雜起來。

一頭霧水的她心裡應該有滿滿的問號「她怎麼突然這樣對我？她沒理由送我禮物啊！她該不會在整我？」先里一定如此猜測我的行為吧。

「打開看看！收到禮物，要在送禮物的人面前拆才叫禮貌。」

「不用了。」先里盯著禮物看了一會，然後把禮物推還給我。

「為什麼？」

「我不要。」先里趴回桌上。

我把幾乎想吼出的「不要就算了」給忍住，接著我把包裝紙撕開。

嚓嚓！聽見拆禮物的噪音，原本趴著的先里抬起了頭。

粉紅色的抱枕露出來，上面印滿櫻花絢麗飛舞的圖騰。

「桌子那麼硬，妳趴著應該很不舒服吧？妳以後可以把這抱枕墊在桌上。」我說完把抱枕推到先里面前，盈序在一旁看著並開心地笑了起來。

「這個超貴耶！妳再說一次不要，不

把它收下的話，妳就死定了！」我把拳頭伸到先里的面前。

先里看著我的拳頭，無語地一聲「呵！」笑了出來，這一次她沒有再說不要，而是把抱枕抱進懷裡，呆呆地坐在位子上。

看到先里收下禮物的樣子，我內心的愧疚感總算是消退了一些，接下來輪到盈序了。

我決定在老師進到教室前，先去一趟教務處。

我把手伸進口袋裡，確認三萬六千韓圓和戒指都安然無恙，就在我正要下去一樓教務處時，我看到老師和校長站在二樓的科學教室前，好像是因為老師又做錯了什麼事，所以校長正在罵她。

老師低著頭垂著肩膀，一副可憐兮兮的樣子，「我等一下再過來好了」，正想著並轉過身打算離開，突然我停住腳步，因為我看到老師正用手背擦臉，她看起來好像在哭。

我心想著「哦，什麼啊？校長怎麼可以把老師罵到哭啊？就算做錯事，也不需要這樣子吧？校長真是太可惡了！到底發生什麼事？為什麼要這樣？」就在這時，我看到東美向著這裡走來。

我迅速地抓住東美的手臂，走進科學教室旁的保健室。

「你做什麼啊？」東美嚇了一大跳，她正想要繼續說些什麼的時候，我趕緊用手摀住她的嘴巴。

「吳西絢老師！」校長瞪著眼並雙手插腰，用氣勢壓迫老師。

「我有做錯什麼嗎？」老師低著頭回嘴。

「那您做對了什麼嗎？」校長反問。

老師沒有回答，而是用手臂揉了揉眼睛。

「您當老師的人，進去孩子們群組聊天室裡，還假裝自己是小孩，傳送了一堆有的沒的訊息，您這樣是在做對的事嗎？如果說您是想要發表意見的話，當然可以發表，但在發表意見時要表明您是老師的身分啊！為什麼要假裝成小孩？弄到最後吵了起來，這樣您開心了嗎？您的行為舉止怎麼和孩子們越來越像？」

「他們知道我是老師，就沒辦法聽到孩子真心話了。」

「所以您就可以和孩子們互罵，逞凶鬥狠是嗎？」

「逞凶鬥狠……爸！」老師猛然抬起頭接著說「爸，您怎麼可以說這是逞凶鬥狠？」老師抬起頭和校長爭辯了起來。

等一下！老師剛才說了？她叫校長爸爸？我不敢相信聽到的。

「吳西絢老師！在學校我是校長！不是您的爸爸！到底要跟您說幾次才聽得懂啊？還有以前是不是跟您講過？不要瞪著眼和我爭辯？我怎麼會生出一個這麼沒教養的老么，真是！」校長大發雷霆並用力地跺了腳。

「那是因為爸，不對，是校長您說了逞凶鬥狠這個詞，令我感到很生氣。」老師再次把頭低垂下來。

我拉著東美的手，默默地倒退著走出了保健室。

「校長是我們班導的爸爸？」東美睜大眼睛問。

「這件事不要讓別人知道比較好！東美，妳不要說！」

東美歪了歪頭。

「不要說出去！知道了嗎？」我又再叮囑了一次。

「我雖然不是個話多的人，但要保守這秘密感覺有點困難，不過好吧！我還是會守住這個秘密的。」東美咧嘴笑了笑。

這是我第一次看到她說完話後笑出來，我不放心又再一次叮嚀東美，然後就趕緊回到教室。

「皓庭、皓庭，群組聊天室裡發生什麼事了嗎？」

「發生什麼事？現在聊天室裡應該很安靜吧！在學校裡用手機的話，不是會被罵嗎？」皓庭睜著圓圓的眼睛問。

我把手機從書包裡快速移到口袋，然後快步走去廁所，我已經好多天沒進聊天室了，沒想到最近聊天室裡吵得沸沸揚揚的。

聊天室都在講戒指和盈序的事，雖然沒人明確指出戒指是盈序拿走的，但大部分的內容都是在懷疑著，而那個帶風向的人正是皓庭。

不過暱稱叫大海的人，有陣子沒再出現，這次又出現了。

「我真的覺得你們太過分了，所以要發表幾句。像你們這樣誣陷別人的人更可惡！你們這樣的行為比偷東西還要壞好幾倍！」大海傳了這段訊息，而皓庭當然不是個省油的燈。

「你有證據可以證明她是被冤枉的嗎？又怎麼肯定她真的被冤枉了？還是真正的小偷？你很奇怪耶！」皓庭回覆了大海。

大海也不認輸地反駁「你也沒證據證明她是小偷啊？你更怪吧！」後來皓庭又問大海是不是知道真正的小偷？如果知道就說出來，要是不說那就表示你是真正的小偷！

就這樣皓庭和大海兩人吵個不停，他們就這樣一來一往地傳了好幾十則訊息，後來全班甚至分裂成皓庭派和大海派，演變成兩派人馬吵得不可開交。

「所以大海就是老師？」上次三萬六千韓圓事件，我就一直很好奇大海是誰。但是大海，不，應該說老師她是怎麼知道先里和盈序不是小偷呢？從她的訊息看來，她好像知道真正的小偷是誰。

我坐在馬桶蓋上，不停摸著口袋裡的三萬六千韓圓和戒指，就這樣坐了好長一段時間，當我回到教室時，老師已經回來了。

老師的額頭和眼睛都紅紅的。

先里今天沒在上課時趴著，我想是因為如果要趴就要墊著抱枕，就好像是準備好要舒服睡一覺的樣子。不管是誰，要做到那麼光明正大在上課舒服地睡覺，都還是會感到羞恥吧。

當我們上課時，校長一直在教室外的走廊像在監視著什麼。

下課後我去了趟教務處，看到老師在桌上放了一個摺疊鏡，正在給額頭塗藥，雖然我已下定決心要告訴老師一切，但是我的心裡還是非常緊張。

我的手腳不停地發抖，我大口深呼吸，然後喊出「老師。」

「嗯，如真啊，怎麼了？」老師邊說邊蓋上藥膏的蓋子。

「那個……」我不停地摸著戒指和三萬六千韓圓，如果把它們交出去的話，老師會生氣嗎？我的手心滿滿都是汗。

我慢慢地從口袋裡把手伸出來，然後把緊捏著的戒指和錢放到老師的桌上，我正打算著如果老師問我這是什麼？我就要誠實地說出我就是小偷。

咕嘟！我吞了吞口水。

「很好，謝謝妳。」老師看到戒指和錢後只說了這句話。

「啊？」聽到謝謝妳三個字，我一下子愣住了。

「謝謝妳過來找我！我就知道妳一定會來的。」

「咦？」我還在想老師這話是什麼意思？

「我心裡一直相信如真，妳一定會像現在這樣過來找我的！因為我知道妳一定會來，所以我一直在等待著妳。」

我聽不懂吳西絢老師的意思，老師說她一直都知道我會來？我努力地想要弄懂老師這句話的意思。

「該不會……」我傻傻望著老師。

「妳是不是想問我該不會一直都知道是妳吧？沒錯！我一直都知道啊！妳可真是一個笨手笨腳的小偷啊！噗！我這樣說會太直接了嗎？那我換個說法吧，妳真是一個不精明的小偷啊！妳把皓庭掉在椅子上的錢撿起來放到書包時，就被我看到了！就是因為妳動作太慢了，才會被我發現！還有妳和皓庭從廁所走出來時，也被我偶然地撞見了！我看到妳把戒指放進口袋。然而當時我就在心裡做了這個決定，我要耐心地等妳！因為我深信妳一定會來找我的，只要內心深深地相信，就不會不安地懷疑或著急地催促，反而會長出等待的力量。妳先回教室，老師還有一些事要忙。」

我的眼淚嘩啦啦地流下來，我沒想到老師竟然全都知情。

「校長叫我不要再當老師了，他說我的性格不適合！我要去和校長抗爭！才觀察幾個月怎麼知道適不適合？說不定再堅持久一點，我就會成為一個好老師。」老師用力咬著嘴唇，並把藥膏收進口袋。

「至於戒指和錢的問題，我們再想看看要怎麼跟大家說比較好

吧!等我和校長決鬥回來再說。」老師從座位上站了起來。

「老師,老師……您是不是大海?」我趕忙追問。

「呵呵,妳怎麼知道的?我是聽說你們有六年級的群組,所以我就想進去看看,因此才拜託盈序把我加進群組裡。」

從教務處出來後,我走上樓梯沒幾步便轉頭看向老師,她正朝著校長室的方向走去。

「老師。」我忍住淚水並沙啞著。

「您一定要贏得抗爭勝利喔!老師加油!」我握緊拳頭喊出。

老師也向我舉起了拳頭表示信心,轉過身後我的心變得無比輕盈和明朗,我趕緊找空檔傳了訊息給爸爸。

「我覺得故事那隻狗一點也不聰明！牠如果不要隱瞞和假裝，說不定事情反而會變得更好！也許牠就不用一輩子吃大便，女主人也不會變成大家口中的壞人了。所以我下決心不想再隱瞞了，我要老實地告訴媽媽，我並不是不要再讀書了，而是想要讓她知道因為我會好好地努力，所以請媽媽相信我。我明白媽媽肯定會懂會耐心等待我。」

作者的話

當我回想起時隔已久的那一天，那份握在我手上的溫暖

現在，我將要向正在閱讀本書的讀者，揭露一個驚人的秘密。

這件事情，發生在我十三歲的時候，那個開始冒出粉刺的年齡。

我十三歲時，轉學到另一所學校，雖然這麼說很像在炫耀，但當

時的我，是個長得很漂亮、成績又好的孩子，因此剛轉學到新學校，班上的同學就聚在一起欺負我、孤立我。

每天早上我都焦慮得不得了，上學的路對我來說就像走進地獄的路一樣舉步維艱，然後有一天，我突然成了小偷。

當時班上每個月都會收到一本雜誌，而我卻從老師的抽屜裡偷走了那本雜誌，其實我並不是想要那本雜誌，而是我想要嫁禍給其中一個老是欺負我的同學。

那些孤立我、欺負我的同學們，也完全沒懷疑是我偷走了雜誌，因為我看起來絕對不像會做出那種事情的小孩。

到了下個月，我又偷走了雜誌。

班上同學們彼此開始互相懷疑，我看著這一切，心裡感到很痛快，卻也同時感到很內疚。

有一天陶民的媽媽突然衝到學校來，在當時大部分的家庭都很窮，而我記得被指控成小偷的陶民好像更是貧窮，陶民的媽媽腳上穿著已經裂開的橡膠鞋，當後來她講到癱坐在地上，一邊哭喊著「我家孩子雖然窮，但絕不會偷東西！」一邊脫下腳上裂開的橡膠鞋，用力捶打著教室的地板，那雙拖鞋的裂口便裂的更大了。

「今天大家看到陶民的媽媽這樣，心裡應該都有數，而且根據我的調查，陶民並不是小偷！」陶民的媽媽回去後，老師對全班說著。

從班上經歷過那次陶民媽媽的事之後，我就再也不敢偷雜誌了，尤其只要一想到陶民媽媽拿著橡膠鞋在地上邊捶打邊哭喊的樣子，我就更不可能再做出那樣的事情，而且我也鼓起了勇氣，把同學們孤立我、欺負我，讓我很難受的事全告訴老師，從那天起老師便很努力地幫我和同學親近起來。

就這樣時光飛逝，轉眼間就來到了畢業的季節，那是一場很特別的畢業典禮，我們的班導也將和我們一起離開這所學校。

不知道為什麼我的心裡冒出了想要向老師說出實話的想法，所以在畢業典禮結束後，我去了一趟教務處，而當我實際見到老師後，我卻說不出我就是那個雜誌小偷。

「新生的幼苗需要耐心地等待，才能夠長成一棵大樹。人也是一樣，必須相信他並等待他！我作為老師，過去這四十多年的歲月裡，不停地等待、也不停地收穫，謝謝妳願意過來找我。」老師緊緊地握住了我的手，我就這樣呆站在那裡。從那之後，我時不時會想起老師溫暖的手，並一直記得正直地生活。

我之所以把十三歲的陳年秘密說出來，是因為我想要讓正在閱讀本書的讀者知道，在各位的身邊也有大人正耐心地等待你成長茁壯。

「讀書！學習！」這句話，媽媽、爸爸、老師他們每天都在和你說吧！好像永遠都不會理解小孩的難處！但我想要告訴各位，事實上是當你敞開心扉的時候，就可以發現大人們已經耐心在等待你了。

於二〇一五年春天說出塵封多年的秘密

童話作家　朴賢淑

故事館 032

奇怪的系列 2：奇怪的這一班

수상한 우리 반

作　　者　朴賢淑（박현숙；Hyun Suk Park）
繪　　者　張敍暎（장서영；Seo Yeong Jang）
譯　　者　林盈楹
責任編輯　蔡宜娟
語文審訂　張銀盛（台灣師大國文碩士）
封面設計　張天薪
內頁排版　連紫吟・曹任華

出版發行　采實文化事業股份有限公司
童書行銷　張惠屏・侯宜廷・林佩琪・張怡潔
業務發行　張世明・林踏欣・林坤蓉・王貞玉
國際版權　施維真・劉靜茹
印務採購　曾玉霞
會計行政　許俽瑀・李韶婉・張婕莛
法律顧問　第一國際法律事務所　余淑杏律師
電子信箱　acme@acmebook.com.tw
采實官網　www.acmebook.com.tw
采實臉書　www.facebook.com/acmebook01
采實童書粉絲團　https://www.facebook.com/acmestory/

ISBN　9786263495326
定　　價　320元
初版一刷　2024年1月
劃撥帳號　50148859
劃撥戶名　采實文化事業股份有限公司
104台北市中山區南京東路二段95號9樓
電話：(02)2511-9798　傳真：(02)2571-3298

國家圖書館出版品預行編目資料

奇怪的系列. 2, 奇怪的這一班 / 朴賢淑文 ; 張敍暎繪 ; 林盈楹譯. -- 初版. -- 臺北市 : 采實文化事業股份有限公司, 2024.01
256 面 ; 14.8×21 公分. -- (故事館 ; 32)
譯自 : 수상한 우리 반
ISBN 978-626-349-532-6 (平裝)
862.596　　112019273

線上讀者回函

立即掃描 QR Code 或輸入下方網址，連結采實文化線上讀者回函，未來會不定期寄送書訊、活動消息，並有機會免費參加抽獎活動。

https://bit.ly/37oKZEa